四望中原

一段捡读历史真相的心路

杜建辉 著

郑州大学出版社

图书在版编目（CIP）数据

回望中原：一段捡读历史真相的心路／杜建辉著. — 郑州：
郑州大学出版社，2023.9（2024.6 重印）
ISBN 978-7-5645-3587-2

Ⅰ.①回… Ⅱ.①杜… Ⅲ.①随笔 – 作品集 – 中国 – 当代
Ⅳ.①I267.1

中国国家版本馆 CIP 数据核字（2023）第 132227 号

回望中原——一段捡读历史真相的心路
HUIWANG ZHONGYUAN——YI DUAN JIANDU LISHI ZHENXIANG DE XINLU

策划编辑	李勇军	封面设计	孙文恒
责任编辑	刘晓晓	版式设计	孙文恒
责任校对	暴晓楠	责任监制	李瑞卿

出版发行	郑州大学出版社（http://www.zzup.cn）
地　　址	郑州市大学路 40 号（450052）
出版人	孙保营
发行电话	0371-66966070
经　　销	全国新华书店
印　　刷	永清县晔盛亚胶印有限公司
开　　本	890 mm×1 240 mm　1／32
印　　张	8.25
字　　数	168 千字
版　　次	2023 年 9 月第 1 版
印　　次	2024 年 6 月第 2 次印刷

书　　号	ISBN 978-7-5645-3587-2	定　价	48.00 元

本书如有印装质量问题，请与本社联系调换。

目　录

1

在水一方的佳人是谁

汽车开出隧道，便见右前方远山脚下那架绚丽缤纷的彩虹，在时隐时现的阳光下，格外飘逸壮观，它横跨在群山叠翠之间，耸立于一抹白雾之上，细雨蒙蒙中，显得那么清朗风致。

"真是风光永远在路上呀！"我自言自语道。

几天前，好友提议自驾去西藏，我便随口答应了下来，事后却又找不到说服自己的理由，一来我已自驾去过西藏，二来已经超过了公认的自驾去西藏的年龄上限——65 岁，全国没有去过的地方多的是，怎么能……早上出发前我安慰自己，应从进化心理学角度去理解这件事，人的行为其实是由基因决定的，而这一基因的获得甚至可以追溯到人与猿分离的数百万年前。

想想也是，达尔文在登上"贝格尔"号军舰开始那段改变历史的航行前，伦敦的上层精英，尤其是医务界已经在悄悄议论人与猿猴的某种特殊的关系，只是碍于当时教会的权威，无人敢亮明自己的观点。环球考察回来后，达尔文只是写了《"贝格尔"号航行期内的地质学》之类的小册子，此时，他肯定已经觉察到了人是由类人猿进化而来的事实，不好理解的是，他还用大量的时间阅读托马斯·马尔萨斯的《人口论》，并与信仰上帝的表姐艾玛·韦奇伍德结了婚。直到22年后，年轻的博物学家华莱士写了与他相同观点的文章，达尔文这才决定把自己写的《物种起源》的一部分手稿提交出去，并于1859年正式出版了这本书。又过了12年，他才发表了《人类起源及性选择》，把生物的变异、遗传和自然选择的进化学说运用到人类群体上，阐述人类与其他哺乳动物来源于共同的祖先的观点，提出论据证明人类是从猿进化而来的，并论证了性选择的重要作用。

我虽然是达尔文忠实的信仰者，可总觉得他老人家有些意犹未尽。

河南淮阳太昊陵人祖庙始建于春秋时期，祭祀传说中伏羲、女娲"抟土造人"，这座庙最具特色的泥塑就是"人祖猴"，猴面直立人身，传承人类对祖先崇拜的记忆。当时人并没有把自己看作世界的中心，而是视为动物界的一部分，中国的这一传统以后演进成了属相文化，嵌入无限循环的六十甲子年轮里，让每一个新的生命都能找到相对应的动物形象。

可见我们祖先对人类由来的认知比西方要诚实洒脱得多。中国的春秋时期对应的大致是西方《旧约圣经》成书的年代，在西方人叙事中，也就是从《旧约》末卷《玛拉基书》到《新约》首卷《马太福音》，其间有 450 年的隐居静止时间，上帝没有给人任何启示话语，而中国则已进入"百家争鸣"的诸子百家时代……

汽车即将进入下一个隧道之际，我又望了一眼那架彩虹，一团劲飘的雾将彩虹撕扯得只剩下一段残片，阳光下它依然高昂着头，留恋着那即将逝去的阳光。

…………

生物学、考古学界的观点认为，人类发源于非洲，在数百万年前与南方古猿分离，成为人属，经过能人、直立人、早期智人等种群的进化，才产生现代人。目前，人们在世界各地已经发现了至少 17 个人种，如丹尼索瓦人、尼安德特人、海德堡人、马鹿洞人等，其中 16 个已经灭亡，唯一存活下来的是晚期智人，也是我们现代人的祖先。学界主流观点认为晚期智人发源于 20 万~30 万年前的非洲，其根据是开展了一项 DNA（脱氧核糖核酸）测序溯源研究，从现在不同国家和地区的人的 DNA 信息中，通过测序溯源大致可以确定20 多万年前有个交会点，位于这个点上的老祖母露西（Lucy）应当是现在人类的共同祖先。不过，由于目前人们掌握的基因数据库的残缺和提取古人类基因及测序技术的不确定性，也没有必要把这些专业学者描述的人类经历奉为圭臬，尤其是生物界，推测的时间动辄就是差距万年或者 10 万年以上，可想而知，在此基础上推测出的结论，再考虑这些研究本身的不可实验性，其科学性与真实程度着实存疑。

从目前世界各地发现的不同人种的残留组织看，人类曾多次走出非洲，遗憾的是，由于文化的落差，无数个民族部落永远消失在了历史的尘埃里，智人也曾多次走出非洲，与他们的前辈一样有数不清的部落消失在了时光的长河中。当然，我说的"文化"，是指人类物质和精神创造的总和，也就是一般含义上的文化。最后，大约7万年前走出非洲的晚期智人为什么能存活下来，并且其枝叶逐渐繁衍茂盛开来？这或许与他们喜欢迁徙有关。走出非洲的晚期智人与更早走出非洲的远亲最显著的不同是，智人以惊人的毅力在最短的时间内便徒步迁移到了世界五大洲，甚至还登上了太平洋上的主要岛屿。考古和DNA测序溯源显示，在7万年前至1万年前，人类不仅在世界五大洲间频繁迁徙互动，并且在各大洲一定地域范围内频繁迁徙，迁徙成了晚期智人的主要生活方式。虽说当时人类以狩猎和采集为生，但人类的翻山越海还是超出了"狩猎采集"维持生命的范围，人类对整个世界的好奇，成了迁徙的主要动机，这与他们的远亲尼安德特人、丹尼索瓦人等仅局限在一定范围内的狩猎采集有了天壤之别，或者说是本质的不同。这是否可以认为是智人进化为新的现代人种的最关键的门槛呢？

　　大约1.5万年前，在晚期智人迁徙的人群中，有一支从中国南方出发，经黑龙江、西伯利亚、白令海峡到达美洲的人群，他们又用了大约1万年，才走到南美洲的最南端，应当说，他们是当时世界上最具冒险精神、最勤奋的前辈，只要看看他们迁徙的路线，向历史深处望上一眼，哪怕是飞雪弥漫的背影，都会让人生出百感交集的思绪……

人类有没有"天命"？即便相信有的人也很难看清它的方向，稍微偏差一点就可能走到悬崖边沿，首先踏上美洲大陆的人类会有什么样的结局呢？

当然，动物界不少种类也有迁徙，受环境、气候、生存繁殖或基因的影响，这些迁徙的动物无论走多远，飞多高，总也摆脱不了"自我中心"的意识，"自我中心"是没有脱离动物界的人类和动物界普遍存在的意识。不错，人类会说话，许多动物也有自己的语言；人类会唱歌，许多动物也唱歌，甚至不少比人唱得还悦耳；人类会跳舞，许多动物也跳舞，有些甚至还成了人类模仿的对象；人类会绘画，有些动物同样也会在地上摆出不同的形状，来表达自己的诉求；人类会使用工具，许多动物同样会使用工具；人类学会了团结协作，许多动物也能团结协作去完成共同受益的事……从这些行为上很难划清人类与动物的区别，唯有这些行为背后的动因却是截然不同的。动物界的行为大概都能用达尔文的自然选择或性选择来解释，对于智人进化为现代人这个新物种的关键环节和必要条件，达尔文则一直小心翼翼地避开讨论。

在历史深处画一条时间分界线以区别晚期智人与现代人显然是个最省劲的办法，却忽视了现代人最本质的特征之一，那就是现代人是具有追求自身存在意义的物种。这就要求人们具备一定的哲学和信仰能力，通过构想最原始的宗教、艺术等形式，去解释人类的存在，并由此提升人们的道德和伦理认知，从而获得人的基本属性，对世界和人类本身的认识有一个根本的改观。正如康德提出"人是什么"一样，是一个永远值得思考的课题。

人类学研究发现，脑容量大小与人类社交范围大小有明显的关联。人类在漫长的迁徙过程中，首先放弃的是个人或家族的领地意识，并从自然选择中解放出来，开始选择自然，在整个世界寻找适合自己生存的自然环境。其次放弃的是以"自我为中心"的动物属性，对自己、家族、群体在时间、空间中的位置有了觉悟，开始有了某种意义上家族、群体和社会的属性。迁徙不同于在自己划定的领地里靠采集狩猎生活，需要更多的知识和文化，需要一定的规模和分工，需要大量的经验积累，需要克服近亲繁衍等一系列问题，种群才有机会生存下来，个人或小团体很难在艰苦卓绝的迁徙中活下来，这就为人类相互之间学习、交流、沟通提供了条件，只有进行群体进化和不同群体间的基因渗透，人类才能实现生存进化的目的。最后，人类开始有了哲学意义上的全新世界观，有了超出动物性的追求，有了对自身灵与肉、身与心分离的认识，有了对某种永恒的追求。

目前大量的考古证据显示，远古人类的世界观大致可以分两个层次去理解：第一，"遂古之初，谁传道之？"屈原《天问》开篇的这句话虽然是有文字以后的追问，但可以肯定的是，在创造文字之前，人们已经有了对"道"的追求。"道"是中国独创的哲学概念，"大道无形，生育天地；大道无情，运行日月；大道无名，长养万物；吾不知其名，强名曰道。"尽管当时的人们还不能完全理解这个不断变化的世界，但并不妨碍他们寻求万事万物之间的道理。老子用"道"概括人们在迁徙过程中遇到的所有难题，求道悟道问道，不仅在于反思人们的来路，更重要的是瞻望世界的尽头。第二，《乐经》称："凡音之起，由人心生也。人心之动，物使之然也。"人类在有文字之前，已经运用灵感创造了纺织陶器、美术音乐、绘画舞蹈、宗教雕塑，甚至还有诗歌文学等，一些奇思妙想至今仍能让人赞叹不已。从这些新发现中不难看出，当时人们的精神生活同样丰富多彩，已经察觉到了身与心、灵与肉的不同诉求，人们尝试用各种艺术形式去沟通天地，为肉身和灵魂分别找到安放之处。这里的"心"也是中国有特殊含义的哲学概念，不能简单理解为灵魂，它的含义的复杂宽泛不亚于"道"，只能理解为"运用之道，存乎于心"。

想到此，我似乎对此次自驾进藏有了另一番新的感受。

"到哪儿了？"

早上五点出发，同行好友未到西安就睡了，醒来闷声问道。

"过佛坪有一会儿了。"

大颗大颗的雨滴敲击着车顶，传进一阵阵"啪啪啪"的响声，四周白茫茫一片，只有前车的红色尾灯有节奏地闪动着。

无论是西方学者还是我国的学者，包括一些很著名的专家，他们一致认为，较早走出非洲的现代人远亲——尼安德特人、丹尼索瓦人等的灭亡，与晚期智人，也就是现代人祖先有关，甚至有学者干脆说现代人的进化就是一部血淋淋的历史，字里行间都暗示着竞争必然导致屠杀之类的猜测。这些都是后人的假说，至今还没见到有考古证据支持这一假说。

或许，我们的祖先与这些远亲相遇只在一段山道，疲惫的远亲早早地走过了漫长的青春年华，却没有捡拾更多文化，他们再也没有勇气走出去。人类没必要自责，而应当在他们止步的地方继续走下去。

…………

"今天住汉中吗？"

"嗯。"我放慢车速，前后左右看了看，确定一下车行的位置。

"讲讲，汉中有什么故事或趣闻？"好友又问。

"这么说吧，汉中因汉朝而扬名，鸿门宴后刘邦封于汉中而得天下，东汉末年刘备在汉中自封汉王而失戎机，导致诸葛亮五次北伐皆无功而返。可以说拎起汉中，就能讲透大汉两朝故事。"

"……"

"会唱邓丽君的《在水一方》那首歌吗?"我问。

"绿草苍苍/白雾茫茫/有位佳人/在水一方/绿草萋萋/白雾迷离/有位佳人/靠水而居/我愿逆流而上/依偎在她身旁/无奈前有险滩/道路又远又长/我愿逆流而下/找寻她的方向/却见依稀仿佛/她在水的中央/……"

"可以肯定的是,在水一方的水就是汉水,流经汉中的汉水,至于佳人,原诗中的'伊人'是谁,自古至今都没有弄明白。"

"本来就是秘不愿示的人,从古至今人们非要弄明白她是谁,岂不是没事找事、无事生非!自古以来的文人都是吃饱撑的!"

"唉!"我轻轻地叹了口气,"如果作者心中的佳人秘不愿示,他又为什么要写这首《蒹葭》呢?!他们念念不忘,又不能明说,才有了求索不得的意境……"

"嗯,我说得不对?"

"对对对!"我大气也不敢出了,努力回想《诗经·秦风》里的这首《蒹葭》。

秦,在甲骨文里是双手持杵春禾的象形字,秦人是指河南范县一带的部落群体。相传早期秦人中有位叫伯益的人,因助大禹治水有功被赐"嬴"姓;及至夏朝末年,秦人参加商汤开国的"鸣条之战"有功,一直受到商王朝的重用,世代骁勇善战,成为商王朝的支柱群族之一。最著名的是商朝末年飞廉、恶来父子,被商王帝辛依为左膀右臂,长年戍边征战，战功赫赫。武王攻商时，父亲飞廉率商朝主力15万人及家属远在东海，儿子恶来随商王帝辛出征，战死牧野，商朝最后一位帝王帝辛也投火自焚，飞廉自东南返回后，商朝国都已是一片废墟，只得筑坛复命，逃往商盖。

三年后，飞廉参加"三监之乱"反周，被周兵追杀于山东商盖，株连商盖一族罚为御奴，被押迁至现甘肃礼县西汉水边朱圉山一带。

飞廉、恶来父子虽前后战死，但恶来的儿子却活了下来，据记载恶来之子叫女防，孙子旁皋，曾孙太几，玄孙大骆，五世孙非子，到此，秦人将自己的封地正式恢复为"秦"，这首《蒹葭》大概就是在这一时期创作完成的。

…………

汽车驶进汉中平原，巧的是突然云开日出，天地如同刚刚被水洗过一般，显得清澈亮丽，两旁的树林熠熠发光，村庄城镇也渐渐多了起来，几何形的田地一直铺向远方的山岗，在天边画出一道优美的曲线。

"快到了吗？"

"大约还要一个小时。"我应了一声。

蒹葭，就是芦苇，是一种多年生草本植物，虽说是禾本科，却只有草命，多节秆直立，能长2~3米高，且坚韧顽强。芦苇通身透气，根茎发达，顶端有圆锥花序，分出多枝小穗，开花时节纷黄缤纷，受到不少渔隐文人的喜爱。芦苇繁殖能力强，往往落地生根，成群连片生长；河生芦苇有固堤防洪、收磷抑藻、净化水源的作用。古人多用芦苇做建筑材料、饲料，苇秆编席，花絮做枕，芦苇甚至还能用来入药和制作乐器。

秦人为什么创作这首诗？大概与家乡记忆中的芦苇有关，肯定也有自喻的含义。

…………

汽车缓缓驶进汉中，街道两旁行人如织，汽车摩托呼啸而过，我们绕城转了一圈，这里和其他城市相比并没有多少不同，心里稍有缺憾的是，与历史上的知名度相比，现在的汉中的确不大，但很整洁安详。

停好车，我便直奔汉水，登上河堤，但见秋风中团团芦苇群落连成一片，几乎挤满整个河道，微风中，略有些惨白的花穗任意摇曳，荡起阵阵撼人心魄的波浪。

走下河堤，沿着弯弯曲曲的栈道，向河中央走去……

　　蒹葭苍苍，白露为霜。所谓伊人，在水一方。溯洄从之，道阻且长。溯游从之，宛在水中央。
　　蒹葭萋萋，白露未晞。所谓伊人，在水之湄。溯洄从之，道阻且跻。溯游从之，宛在水中坻。
　　蒹葭采采，白露未已。所谓伊人，在水之涘。溯洄从之，道阻且右。溯游从之，宛在水中沚。

初读确有缠绵柔婉的味道，继之便觉有些空灵飘远，再读就情致悲凉了。全诗没有场景和事件背景，只为寻找在水一方的伊人，究竟在水哪一方？溯洄、溯游，上游、下游，包括河对岸，都是"道阻且长"，根本看不见人影，所以要弄清伊人在哪儿，势必要先弄清秦人心中的伊人究竟是谁。

南宋朱熹在《诗集传》中坦言："言秋水方盛之时，所谓伊人者，乃在水之一方，上下求之而皆不可得。然不知其何所指也。"

芦苇生长的区域非常广泛，大概世界各地都有，唯独汉水的芦苇别有一番风致，高大穗长，渺逸远举，即便时已入秋，依然翠色迎人，丝毫没有岁月摧折的烦恼。

人行其中，渐渐有些凉意，四周柔弱挺拔的芦苇，不停地摇动着硕大迷离的花穗，哪怕你轻轻从它身旁走过，它也会很有礼貌地点头致意，或许经历过太多的风浪沧桑，才会生出如此淡然的慈悲。

站在汉水中央的观景台上，四周挤满了秋风吹动的大起大落的芦苇荡，一抹残阳刺过浓重的黑云，在水面上洒下万点金光。我突然想起汉水身世的由来。汉水原叫"夏水"，大约是秦人迁来后，以天上的银汉重新命名这条河为汉水，人间银河，寄托着他们对祖先那段筚路蓝缕岁月的思念。

我仰头向上天望去，似乎看到了秦人心中的"伊人"，浓墨重彩的云霞，如同那段波谲云诡惊心动魄的历史，流泻着大块大块墨紫色的云朵，几颗早起的熠熠发光的星星悬挂其间，时隐时现。望着它们，我心中突然涌上一股深深的敬意。一场军事上的大败，可以灭亡一个王朝，但不会灭亡一个伟大的文明，它或以更坚韧更顽强的姿态走上一个更高的境界。那伊人或许是秦人的前辈忠烈，又或许是那段无限凄凉的岁月，更可能是甲骨文明以文化成天下的梦想，这一切都已经化入银河汉水奔流不息的岁月，成了日夜绵绵的思念。

秦人自喻为"芦苇"，看似云淡风轻，曲高和寡，如若认真掂量一下原诗就不难品尝出其中有太多的悲怆和情怀。再把秦人从中原到汉水千里迢迢、千辛万苦的经历作为背景去理解，这首诗就成了一段历史的沧浪，不禁让人生出一种对文明的敬畏，如眼前浩渺的芦苇荡，秦人靠什么落地生根，繁衍生息？法国的天才数学家、哲学家帕斯卡曾说过，人是一根有思想的芦苇，"思想——人的全部尊严就在于思想"。想必秦人一定怀抱着"以文化成天下"的理念，在无法想象的艰难困苦中整合了一个风流千古的伟大文明，如此才能理解秦人创作"在水一方"的真正意境。思想芦苇给予子子孙孙以人的全部尊严，因为他们的幸福就来源于对这一伟大文明的坚守。记住这些先辈吧，忘记他们就会失去别人发自内心的敬重。

残阳渐渐消退，激荡的芦苇群落此起彼伏，传出阵阵呜咽的萧瑟。近代学者王国维在《人间词话》中说："《诗·蒹葭》一篇，最得风人深致。晏同叔之'昨夜西风凋碧树，独上高楼，望尽天涯路'，意颇近之。但一洒落，一悲壮耳。"

它不是西北慷慨的悲壮，而是遍尝人间凄苦后，那种坚韧不拔的慈悲壮歌……

晚上，躺在床上，扑面而来的群山峻岭，脚下无序的颠簸，俱感心身疲惫却久久找不到通往梦乡的桥梁……人与人类一样，不应当只有一次童年，虽然生命会和世界一起衰老，但可以通过反思与内心交流去寻找童年的梦想，像一张好奇的大网，去打捞那模糊懵懂的时光，也许会有欢笑，也许会有沮丧，沉甸甸的岁月，偶遇到同一片星空，同一个梦境，找回童年的胆识勇气，从心灵上重逢人生的童年，即便是郁郁尘俗一辈子，也会牵着真正的快乐走完这一生……

起身，开灯，见床头放了几本《汉中览胜》《诸葛亮五次北伐》之类的历史书，拿来一本翻阅，多是"功盖三分""白帝城托孤""出师未捷"等类似演绎的故事，轻叹一声，颓然躺下。

…………

"这部剧的创作初衷应该从1958年郑州会议说起。"我望了一眼对面几位参加座谈会的专家，接着说道，"1958年11月，中央召开了第一次郑州会议，会后第二天毛主席便召开了有4位地委书记和7位县委书记参加的座谈会，在这次会议上，毛主席问了时任南阳县委书记魏兆铭三个问题：第一，南阳古称宛城，自古多出名人，听说有个卧龙岗，诸葛亮曾隐居于此，说说看，诸葛亮为什么要隐居南阳？第二，二十八星宿走南阳，谁排第一？第三，现在社员每个月吃几两香油？

"遗憾的是，时任南阳县委书记魏兆铭没有回答。

"魏兆铭同志当时没有回答，但南阳人民迟早要回答。

"这三个问题如果分别回答，显然回答不了主席提出问题的本意，所以只能相互联系地理解；如果将这三个问题一并回答，势必要考虑第一次郑州会议的议题，这又超出了我的能力和今天要讨论的议题。所以只能把前两个历史问题统一理解，分别回答，恐怕才能有个更接近历史事实的、大致说得过去的答案。例如第一个问题，诸葛亮为什么要隐居南阳？咱们用诸葛亮自己的话为依据，至少要说清楚这么三层意思：'臣本布衣'，诸葛亮为什么坚称自己为布衣，而不说是官宦豪门？'躬耕南阳'，诸葛亮为什么到南阳来，而不说是躬耕隆中，或其他地方？'苟全性命于乱世，不求闻达于诸侯'，诸葛亮为什么不求闻达于诸侯，谁是诸侯？

"至于说从地名上、交通上，甚至诸葛亮的一段经历上回答主席提出的问题，恐怕都不足以说清历史争议的实质。我想，要讲清楚这些问题，就不得不从二十八星宿走南阳排名第一的邓禹和开国皇帝刘秀说起……"

我翻了翻身……

诸葛亮只能"躬耕南阳"

"为什么诸葛亮这么神机妙算的人五次从汉中北伐,竟没有一次成功?"同车好友上车就问。

"来这一路你太困了,如果不睡那一觉,啥都能看明白。咱们从西安来一路崇山峻岭,以三国时的生产力水平,要想翻过秦岭不说没有可能,至少是非常困难的。"我望着汉水那架彩虹大桥上拥挤的车流,下意识地启动了汽车,答道,"诸葛亮五次北伐均从汉中出发,除第一次派偏师向东以外,其余四次全是从这里向西北迂回的,要么取陇右,要么取关中,要么驻建威,要么再取陇右,最后一次扎营五丈原。尽管每次都有精彩的故事,终究还是天时地利不济,更重要的还是因为战略选择没有多少空间。晋国史官陈寿曾评论诸葛亮北伐,'然连年动众,未能成功,盖应变将略,非其所长欤',指出也有诸葛亮的个人原因。"

…………

我一直在追忆昨夜思考的尽头,很后悔过早地翻了个身。

....

"汉朝，以刘邦封汉王而得名，是当时世界上最文明、最强大的国家。汉朝立国后，特别是汉武、汉宣二帝收复秦朝时的领土和西北开疆后，汉朝文化成为东亚主流文化，文字定名为汉字，华夏各族深度融合，改称汉族，各地建立郡县，疆域空前辽阔，到公元元年前后，人口达6000多万，是世界上人口最多的国家，占世界总人口的近30%。国土面积东并朝鲜，西逾葱岭，南包越南，北达蒙古。汉朝文明之所以达到如此高的水平，与两汉两位布衣皇帝确立的国策分不开，西汉刘邦暂且不说，咱们回答主席提出的问题，简单介绍一下东汉刘秀和邓禹。"

我又望了一下对面的专家，说道："刘秀，名为皇族后裔，但属于远支旁庶，到他父辈时按推恩令仅为陈留郡济阳县令，也就是今河南兰考东北的一小块地方，刘秀生于济阳，'是岁县界有嘉禾生'，一茎九穗，故取名秀。刘秀9岁丧父，与兄妹5人投奔南阳叔父刘良。20岁入长安读太学，结识了邓禹、朱祐等人。在此期间，皇室外戚王莽代汉称帝，打着孔子旗号托古改制，推行一系列崇古举措，实行了王田私属、五均、赊货、六筦以及官名、币制改革等。从内容上看这些改革改制没有太多问题，只是不切实际，轻举妄动，再加上官僚体系腐败，所用非人，上自豪强，下至百姓，未蒙其利，先受其害。再加上水旱天灾，终致各地农民军和豪强势力纷纷起兵，天下大乱。刘秀和他哥哥刘演也乘势起兵倒莽，并且很快发展壮大成一支实力和影响力都很大的队伍。更始元年（23 年），刘秀率区区 2 万兵力，在昆阳大败王莽新朝尽起的各地精兵 42 万，创造了中国战争史上以少胜多的奇迹。然而此时，农民军内部迅速腐化，各路义军逐渐成了割据一方的军阀。绿林军虽立西汉宗室刘玄为更始帝，但刘秀兄弟不但没受到重用，刘演反而被杀害。不久，更始帝放刘秀出巡河北。"

我找出《后汉书·邓禹传》，读道："及汉兵起，更始立，豪桀多荐举禹，禹不肯从。及闻光武安集河北，即杖策北渡，追及于邺。光武见之甚欢，谓曰：'我得专封拜，生远来，宁欲仕乎？'禹曰：'不愿也。'光武曰：'即如是，何欲为？'禹曰：'但愿明公威德加于四海，禹得效其尺寸，垂功名于竹帛耳。'……禹进说曰：'更始虽都关西，今山东未安，赤眉、青犊之属，动以万数，三辅假号，往往群聚。……明公虽建藩辅之功，犹恐无所成立。于今之计，莫如延揽英雄，务悦民心，立高祖之业，救万民之命。以公而虑天下，不足定也。'"

我放下《后汉书·邓禹传》，解释道："邓禹这段话有三层意思，刘玄是个凡人，不会处理政务，而众将领也多是庸碌之辈，争的是权势，志在发财，这样的官我不能干，我要干的是留名青史的事。目前四方分崩离析，需要刘秀你这样的人承担起收拾山河的责任，立高祖之业，救万民之命，当务之急，先应转变思维方式，由将或诸侯思维转向明主思

　　　回望中原——一段捡读历史真相的心路

维。最后一点就是‘深虑远图’，避开当前的矛盾焦点，广揽人才，务悦民心，冷静观察，以柔道治天下。历史上邓禹之于刘秀，等于东汉末年诸葛亮之于刘备，都是主公的军师，所以这段话的作用类似于诸葛亮的‘草庐对’，两相比较，邓禹的话虽然没有诸葛亮说得生动具体，但其战略眼光和致之有术、取之有方的策略，更加简便易行。毛主席把诸葛亮与邓禹一并提出，我的肤浅体会是两人在理念上应当有相近之处，‘豪桀多荐举禹，禹不肯从’与‘苟全性命于乱世，不求闻达于诸侯’表达的意思一样，道不合不与相谋，主席提醒我们在研究史料不足的情况下，应注意从思想信念入手，找出他们的初心和志愿动机，历史的本质就是信念……”

“这个视角好！”

“以诸葛亮的学识，无论是刘邦、张良、萧何，还是刘秀、邓禹，诸葛亮对他们的志向和信念，肯定是十分清楚的，不然不会在《前出师表》中说‘臣本布衣’，说明他认同两汉开国皇帝的共同信念，那就是‘复兴汉室’，重攀盛世，让老百姓安居乐业。‘臣本布衣’就是表明自己的立场和信念，是身份认同，与豪强割据势力划清界限；‘苟全性命于乱世’，说明他的处境，在苟全状态他仍然不求闻达于诸侯。谁是诸侯？除了贩席卖履、自称皇叔的刘备外，不论是曹操、孙权，还是刘表、袁绍都是诸侯，均属不求闻达的范围。为什么？因为这些人不可能去‘复兴汉室’，而是要另起炉灶，与诸葛亮的信念肯定不合；诸侯们也不需要诸葛亮的轻徭薄税、让利于民，以及三分天下等'草庐对'的主张，诸葛亮要实现这些主张只有找刘备，再加上他的经历，决定了他只能躬耕南阳，不可能是其他地方。即便是没有刘备三顾草庐，诸葛亮也会找由头投奔刘备，这是诸葛亮的初心，是身份、存在、环境、条件或者说信念所决定的。当然，诸葛亮的信念要通过这部剧的场景安排体现出来，还需要大量的情节去佐证，例如，诸葛亮不是神，他不可能凭空想出个天下三分的方案，这就要求我们必须通过真实的历史事实，找出他提出这个方案根据。"

"好！"

"刘秀与邓禹……"我犹豫片刻，回答道，"我记得不是太准确，大概是出巡河北的第二年，刘秀称帝，定都洛阳。此后仅用12年时间便削平了各地的割据势力，平定天下，邓禹也因此封侯。20年后两人相继去世，为了追尊刘秀为真命天子，刘秀的儿子刘庄以东汉初年二十八将，对应天上二十八宿，找人画像，整理出云台二十八将的传奇故事，意在说明刘秀是真命天子，并把邓禹排在首位，对邓的评价是'文雅光国，……有决胜之奇'。"

…………

汉中通往成都的京昆高速，大致沿着古时通往巴蜀的金牛道修建而成，取金牛道的走向，把天梯石栈变成了坦途，蜀道难上青天的境况早已没了踪影，相比秦岭山道平顺多了。道路两边尽是起伏的山峦，少了秦岭的叠翠，多了风致的叶黄，行在其中，如入画廊，只是少了古人那种荡气回肠的豪爽。

"前两年有报道说在安阳发现了曹操墓，我就纳闷，汉献帝都许昌，曹操怎么会埋在安阳呢?! 后来才知道他开相府在安阳。还有蜀汉，后主刘禅都成都，诸葛亮却设相府在汉中，你说三国奇怪不奇怪?"同车好友一边翻着旅游的小册子，一边自顾自又问了一句。

"这是古往今来对诸葛亮争议最大的两个问题之一。"我望着起伏的山道说，"争议之一是杀刘备义子刘封，刘封不死，就不会有白帝城托孤；这又引出第二个争议焦点，后主刘禅与诸葛亮从事，'事之如父'。当然这是刘备临死前的交代，诸葛亮以'父相'身份独持国柄，代行君事，以后又率蜀国主力北伐，设府汉中，七年不朝，也就是拥兵在外，久不面君。成都留下蒋琬、费祎等人掌控蜀汉政权，监控刘禅。与当时曹操设王府于邺城、不朝许都颇有些相似。诸葛亮去世后，蜀汉有个大臣李邈曾上奏说，诸葛亮'身杖强兵，狼顾虎视，五大不在边，臣常危之。今亮殒没，盖宗族得全，西戎静息'，认为五种权力大的人不应掌兵守边，现在诸葛亮去世宗族得以保全，西部边境也可以息兵，是件值得庆贺的事。刘禅听后为了稳定大局，下令处死了李邈。"

"这么说，诸葛亮也是个权臣。"一好友恍然悟道。

"权臣也有好人。诸葛亮能专权不失礼、位高守臣道就行。"另一好友接道。

"关键是举国不疑。"我说，"一说是他持臣守忠可贵之处，一说是……"话到嘴边，我又咽了回去。

"我觉得他最能打动人的地方，就是杜甫那句话：'出师未捷身先死，长使英雄泪满襟。'失败了但依然还是英雄，天时地利人和，诸葛亮哪头都不占，愣是鸡蛋碰石头，义无反顾，大义凛然！"一好友接道。

另一好友似觉不足，接道："还应该加上'鞠躬尽瘁，死而后已'，这句话才是真正动人之处，老兄说说，诸葛亮究竟哪些地方打动了历史，让后人对他有如此高的评价？"

我望着前方，说："我先从古人的评价说起吧，看我说得是不是有道理。最早写《三国志》的陈寿对诸葛亮有过评价：'诸葛亮之为相国也，抚百姓，示仪轨，约官职，从权制，开诚心，布公道；尽忠益时者虽仇必赏，犯法怠慢者虽亲必罚，服罪输情者虽重必释，游辞巧饰者虽轻必戮，善无微而不赏，恶无纤而不贬；庶事精练，物理其本，循名责实，虚伪不齿；终于邦域之内，咸畏而爱之，刑政虽峻而无怨者，以其用心平而劝戒明也。可谓识治之良才，管、萧之亚匹矣。'"

我放慢车速，接着说道："陈寿是晋朝史官，他没有直笔诸葛亮的勇气，能有这样的评价很不容易，主要说诸葛亮用人办事公正公道，赏罚分明，处事务实练达。到了宋朝，苏东坡说诸葛亮：'密如神鬼，疾若风雷。进不可当，退不可追。昼不可攻，夜不可袭。多不可敌，少不可欺。前后应会，左右指挥。移五行之性，变四时之令。人也？神也？仙也？吾不知之，真卧龙也！'说明宋朝评价诸葛亮已经全是溢美之词，开始'摆龙门阵'了。到元末明初罗贯中，《三国演义》的作者，说诸葛亮'有经天纬地之才'，'若得此人，无异周得吕望、汉得张良也'，是'盖天下一人也'，评价至高无上了，开始神化了。古人评价前朝人物，以为官、用人、军事为主，财赋断案为辅，诸葛亮任蜀国丞相，兼领益州，事无巨细，样样躬亲，500多万人口，管理井井有条。举个例子，《三国志·诸葛亮传》注引《魏氏春秋》：'诸葛公夙兴夜寐，罚二十以上，皆亲揽焉。'《晋阳秋》也说杖二十以上皆亲决。诸葛亮等到益州后，为稳定局势制定法律《蜀科》，法律严峻，但执法公平，尤其是限制豪强，不因人轻重，再加上事必躬亲，恩威并重，赏罚分明，很快稳定了蜀国局面。近人赵蕃曾在成都武侯祠题联：'能攻心则反侧自消，从古知兵非好事；不审势即宽严皆误，后来治蜀要深思。'制法三国都有，执法则各不相同，后人曾对曹魏、蜀汉、东吴三国法治进行过比较研究，只有蜀国诸葛亮时期没有出过冤假错案，这恐怕是他最得人心的地方。除了这些分内工作外，诸葛亮还额外抓了几项影响深远的事，例如处理与周围边民的关系、开辟蜀身毒道、组织大规模外贸生产等。身毒就是现在的印度，诸葛亮组织大规模的蜀锦等外贸产品生产，有史料显示，仅成都一地就有7万人生产蜀锦，通过蜀身毒道最终把产品卖到古罗马帝国。如果没有经济上的这些举措，仅以益州一地的资源根本无法支撑蜀国长达24年、前后16次的北伐战争，尽管如此，蜀国仍然是三国中按人口比例算上访闹事最少的。再就是诸葛亮的个人人品和全家的家风，清正廉洁，堪称表率。家产只有开荒出来的15顷旱地和800株桑树，蜀国最后一战中，儿孙同日战死，一门忠烈。相比邓禹封大司徒，食万户，累世为侯、大将军或王公者子孙数十人，可谓天差地别。"

"可是最终还是个失败的英雄。"

我叹了口气："清代有位史学家曾经写诗道：'到老始知非力取，三分人事七分天。'此话用在诸葛亮身上有一定道理。"

"对诸葛亮的评价真正打动你的是什么？"

"三个臭皮匠，赛过诸葛亮。"

"哈哈哈……"好友一阵大笑。

"中华文明五千年，只出了三个'布衣圣人'，诸葛亮是其中之一，古往今来，在老百姓眼里，王公大臣皆属'肉食者鄙'的行列，能用三个臭皮匠相比，足见其在人们心中的位置有多高。"我大声道。

…………

汽车驶入成都平原，大片田野间或点缀着被绿色围绕的村庄，走不远就会看到一处工地，越靠近成都就越是繁忙。金牛道最早由秦人开辟，从汉中到成都约1200里，中间还有天梯栈道，三国时期是蜀国通汉中的要道，当年诸葛亮曾重修过此道，七年时间五次北伐，最后竟累死于五丈原，想想就能生出些许苍凉，明知不可为，而坚持为之，确是一种格局才能达到的高度，或许现在人对他的评价也仅仅是看到了苑囿里的景薄桑榆，没有真正看到云蒸霞蔚背后的无限风光。

"今晚住雅安？"

我望见前车绕过成都向雅安驶去，"嗯"了一声。

雅安过去曾经路过，是位于成都平原与青藏高原过渡地带的一座优雅小城，川藏、川滇公路均经过此地。早在公元前316年秦惠文王更元年间，就在这里置蜀郡，将其纳入中原王朝的管辖。1939年，民国政府曾设置西康省，雅安一度是西康省省会。首任西康省主席四川军阀刘文辉和其侄刘湘都是脚底板上绑大锣——走到哪儿响到哪儿的人物，叔侄俩各留下一句话，至今仍然振聋发聩。1938年，刘湘率军出川抗日，却因胃出血病逝于汉口万国医院，临终前遗言："……继续抗战到底。尤望我川中袍泽，一本此志，始终不渝。即敌军一日不退出国境，川军则一日誓不还乡！"这句话成了所有出川部队的誓言。据统计，抗战期间民国政府一共组建了40个集团军，其中川军就占了7个，另有数百万壮丁；1939年，民国电影人孙明经拍摄纪录片《西康》，发现西康学校校舍多坚固宽敞，政府机关却破烂不堪，甚至义敦县政府石头垒的平房前脸还用两根原木支撑着，孙明经问县长，为什么政府的房子都不如学校？县长答："刘主席有令，政府的房子比学校好，县长就地正法。"

…………

到雅安入住后，我便上张家山参观明德中学旧址。明德中学 1917 年始建、1922 年落成，是基督教浸礼会办的教会学校，现改为博物馆。旧址教学楼是一座很精英的建筑，周围是苍翠的老树，前面屹立着抗战空军英雄乐以琴的高大塑像，顺着他的目光向远方眺望，对面可见层峦叠嶂的山峰。进博物馆参观后方知，明德中学自 1917 年到 1949 年，共招收 35 个班，1000 名位学生，在那个知识匮乏的年代，为国家民族培育了不少栋梁之材，尤其是被称为"飞将军"的乐以琴，曾在一次空战中击落 4 架日机，牺牲之前共击落日机 8 架，创造了中国空战史上的奇迹。

明德中学取名于中国传统教育的宗旨"明德"，传统教育始于春秋，以前的官学虽然也有六艺的内容，但属官学一体，不解决社会问题。春秋年间天下大乱，礼崩乐坏，但并非学绝道丧，反而为百家争鸣提供了一个宽松的环境，丰富发展了学道园圃，教育才从官学进入民间，各种学派苦思冥想的是如何终结暴力，开创一个更合理的新秩序。中国的教育就是在这个大背景下起步的。孔子被后世尊为"至圣先师"，他亲定"六经"为教书育人的主要内容："六艺于治一也。礼以节人，乐以发和，书以道事，诗以达意，易以神化，春秋以义。"又云："其为人也温柔敦厚，《诗》教也；

疏通知远，《书》教也；广博易良，《乐》教也；洁静精微，《易》教也；恭俭庄敬，《礼》教也；属辞比事，《春秋》教也。"教育人的目的是用礼约束暴力，克己复礼，通过重塑人格，去协调社会矛盾，进而安定社会秩序，孔子的初衷也许不错，只是走着走着就掉进了"学而优则仕"的泥淖，使得一代代青年皓首穷经，于己于社会都没有多少益处。

再看古希腊文明，古希腊的教育起步于雅典迈上鼎盛时期，背诵《荷马史诗》是每个学子的入门必修课，当然，古希腊没有统一的教育制度和固定的考试形式，多采用竞技式的演说、辩论、体育比赛、格斗表演等形式，注重发掘人的天性，并通过各种竞技活动，把人的兴趣引导到艺术、科学和战争方面。当然，古希腊是个军事奴隶制城邦，教育的目的也不在乎是否能安定社会的秩序，而是更多地关注个人或城邦的竞争能力，更是启发人的天性和扩张城邦的公共权利。

古代中国教育和古希腊教育相同的地方也不少。

孔子说："志于道，据于德，依于仁，游于艺。""兴于诗，立于礼，成于乐。"

古希腊哲学家、教育家苏格拉底说："一个人有了知识，就能够独立判断是非。"他的学生柏拉图更进一步说："一个追求真理的探索者……其目的不在于取得胜利，而在于发现他称之为善的无所不包的真理。"柏拉图的学生亚里士多德则又进一步，说："教育的最高目的正是在于发展人的灵魂的最高部分——理智。"

可见中外的教育先师都把寻道或者是追求真理作为施教的初衷，不过千万不要把他们的话太当真，毕竟中外古时的先师都没有弄清"道"或"真理"的确切含义。

…………

张家山下还有一处景点——柯培得旧址，旧址占地 1300 平方米，有两栋建筑，分别是一层和三层砖木结构，相向而建，中西合璧很是雅致。据介绍旧址由美国牧师柯培得于 1916 年修建，刘文辉曾在此居住，故又称"刘公馆"，现在是市文联的办公场所。

晚上躺下后，一直在反复掂量苏格拉底那句体现他教育思想的话——"自知其无知"。教育的目的是让学生寻找到知识道路上的阶梯，使之能够沿着前人积累的经验、发现的知识继续攀登，能够站得更高、看得更远，而不是用学来的经验管束自己，用学得的知识框定自己的思想。教育不仅要传授知识，更重要的是传授发现新知识的思维方式，这一点比我国"以吏为师、以法为教"的传统高明，古希腊先哲的教育思想的确值得借鉴。承认无知，才能开拓出新的天地、新的境界，苏格拉底的教学思想体现了教育的本质，教育给人以内在寻求知识的自由，给人以超越前人的觉悟，给人以创造新的价值和精神财富的志向，对个人和社会都一样，重在不断地重构自己的知识体系或文明体系，这恐怕才是教育要达到的目的……

无名战士扛起的共和国

出雅安沿着著名的 318 国道向西，渐渐地便开上了西藏高原，沿路的大山大河粗犷辽阔，山上怪石嶙峋，沟壑纵横，只有在沿河的低处才有树木，有一种洪荒年代苍凉的美。

这天我们起早出发，不一会儿，就赶到了泸定县。泸定县是出川进藏的要道，县城就在泸桥镇，骑江而建，靠几座桥联结，道路狭窄，且多是单行道。我们转了一大圈才找到泸定桥景区停车点，又转了一大圈才摸到泸定桥观光入门处，临近中午才见到那座著名的铁索桥。

泸定桥始建于 1705 年，是由清朝康熙皇帝根据时任四川巡抚岳升龙的奏折，亲批四万两白银，为解决汉藏区域道路梗阻而修建的悬挂式铁索桥，1706 年建成。整座桥由桥身、两岸的桥台、桥亭组成，桥身由碗口粗的 13 根铁链组成，铁索长 101.67 米，固定在两岸的桥台铁桩上，上桥必要经过桥亭，桥亭有夸张的飞檐翘角，颇具边地俗风特色，在桥西入口处设有观音阁，立有康熙亲书"泸定挢"的御碑，横批为

"一统山河"。

走在桥上，见13根铁链，两边共4根，9根做底链，相互之间又有小铁索相连，人行其上会有节奏地颠簸摇动，俯瞰脚下，谷深水急，岸壁陡峭。据记载，当年修桥时施行了倒查责任制，每个铁环、桥台的每块石头以及每段工程的责任人都要刻在铁链和桥台上，定期检查，终身负责，保证了整座大桥屹立三百余年，至今仍然通行如初。

泸定桥之所以名扬天下，还在于1935年5月中国工农红军那场"飞夺泸定桥"的惊心动魄的故事。

1935年5月25日，红军长征到达大渡河边的安顺场，这里正是72年前太平天国翼王石达开在同一季节、同一时间到达的同一地点，甚至部队的人数都一样多，都是4万人左右。蒋介石喜出望外，特意通令："当年石达开就是在这里兵败被捕，现如今红军也到了这个地方，正是我军一举消灭红军的好机会。"他一边令薛岳紧急调集近20万人的部队向大渡河合围；一边令刘文辉征集大渡河两岸所有渡船，并炸毁泸定桥。其实在红军未到达安顺场之前，毛主席多次跟身边的人讲过石达开兵败安顺场的故事，太平天国翼王石达开从1857年5月避祸离京后，历时7年，率部辗转20000余里，纵横15个省，天京出走时的约20万人，此时已剩得不多。石达开部于1863年5月到达安顺场，当时叫紫打地，处于大山大河四面围堵的一个角落，再加上石达开部长年征战，没有后勤和兵员补充，粮草本就不足，只能暂缓一日。

谁知渡河前夜，上游突降暴雨，大渡河水暴涨，四川总督骆秉章上奏朝廷描述道："石逆于三月二十七日甫抵河干，是夜大雨滂沱，次日河水陡涨十余丈，波涛汹涌，并松林小河亦成巨浸。询之土人，向来三四月间，从未见此盛涨……"就在石达开部顿足之际，大量清军赶到北岸；东南被当地土司岭承恩用巨石塞断隘口；西边松林河一线土司王应元突然翻脸，拆解了松林河上的吊桥；背后则是清军游击将军王松林部的严防死守。面对四危之势，石达开部几次抢渡大渡河均告失败，又几次抢渡松林河，皆未成功，此河看似不宽，仅有二三十米，但水流湍急，两岸壁立，尤其是此河发源于海拔 7500 米的贡嘎雪山，河水奇寒无比，即便是盛夏也冰冷刺骨，入河军士几无生还可能。此时石达开部两面临河，两面是绝壁，八面受阻，很快陷入弹尽粮绝的境地。红军长征到此面临的情况虽然有相似的路线和场景，却给历史书写了完全不同的结局。

1935 年 5 月 24 日，安顺场同样是大雨滂沱，红军冒着暴雨急行军 160 里赶到安顺场，守护安顺场的是刘文辉部下一个营，营长赖执中。安顺场战斗仅用半个小时就结束了，赖营中大多数士兵尚在睡梦中便成了俘虏，庆幸的是虽然赖营长跑了，他的情人和专供他与情人幽会的那只船没有跑掉，那只船成了红军渡河的关键。几天前，刘文辉部在大渡河沿岸开始收缴所有船只，一些地方还层层加码，连木质建筑也全部拆除，统一烧毁，巧的是防守安顺场的赖营长与他的情人分居大河两岸，他实在割舍不下那份念想，便偷偷留下一只小船供自己幽会专用，不想这一安排却帮了红军大忙，无意间拉开了两岸飞夺泸定桥的大幕。

5月25日，红军大部队来到安顺场，组织18人的突击队攻占了对岸，几次尝试用铁链架桥，都因水流湍急无功而返；据多位老红军回忆，毛主席和中央军委领导到达安顺场后，曾会见了一位90多岁的前清秀才宋大顺，宋自称曾目睹了太平军石达开部被围歼的情景，但谈得最多的还是他自己写的诗，最后说："向北进唐总兵虎踞铜河，欲南撤黑彝儿檑木蔽天。大军在此不可久留。"毛主席听后说："老者应该是状元，而不是秀才。"在此之前毛主席曾给红军立下过"骂不过口，打不还手"的民族政策，还让刘伯承与彝族首领小叶丹结拜为兄弟。26日，主席作出决定：兵分两路，分别沿着大渡河两岸一路向北，奋力相机夺取320里之外的泸定桥。

老人提到的唐总兵就是唐友耕，为清朝四川远近闻名的杀人狂，杀人如麻，好像他来世上就是为了杀人。唐自少年就有"唐小贼"的绰号，因偷别人家的牛，其父被找上门来的人杀死，他为父报仇竟夜屠仇家七口；唐友耕有一小妾，一天，唐见小妾身上有根线绳，便怀疑小妾与裁缝有染，二话不说将小妾按在棺材里，钉上钉子活埋了；一次，唐友耕与人比武，被打得满地找牙，既将死于对手之际，其妻舅出手救他命，谁知他不顾伤痛反将自己的妻舅杀了，妻子气不过说了几句，他又当众抽刀将妻子杀了。就是这么个人竟官升至四川提督，清朝灭亡还有什么悬念吗？！老百姓看到的不是唐友耕个人的人性，而是清王朝的品格。

27日，红军分两路从安顺场出发；也就在同一天，刘文辉带着蒋介石"炸桥"的指令和他的警卫旅来到了泸定桥现场，一番琢磨后，却作出了拆除桥面木板、留下铁索链的"阻敌方案"。他一边上报蒋介石，一边匆忙离开了这个是非之地。

29日晨六时，红军红四团杨成武部以日行240里的速度，占领了泸定桥西岸，但见那桥半边只剩下了13根铁链。下午四时，红四团组织由二连连长廖大珠等22人参加的突击队，攀着铁索链向对岸攻击，杨成武集中全团的司号员齐吹冲锋号，集中全团的机枪一齐向对岸射击，一时间，枪声、号声、呐喊声大起，前面突击队冲锋，后面部队顶着对岸的枪击铺设桥板，待突击队抡起大刀踏上桥亭时，后面的部队立即冲了过去，战斗仅用2个小时，红军就占领了东岸整个县城。

中国工农红军总政治部机关报《红星》报5月30日长征专号刊登《一个意志只要泸定桥》的文章，指出："红四团是西岸的先头团，他们用了坚决迅速的行动，打垮了途中的阻敌一营，并曾以最优秀的射击技能援助东岸的'胜'团与敌人作战，打死了敌人三百多，同时他们更用了急行军首先赶到了桥边。当他们到达桥边时，敌人数百扼守于桥东端，并已将桥板毁去一半，该团某连不顾一切攀着桥上的铁索，猛冲过去，把敌人吓得胆战心惊，连呼'缴枪''缴枪'！此时在我们英勇无畏的红色战士的口中所呼出的口号是：'不要你的枪，只要你的桥！'他们是为执行强占泸定桥的任务而来的，他们只有一个意志，就是无论如何要占领泸定桥，他们终于战胜了一切，他们是光荣的胜利了！"

穿过摇摇晃晃的泸定桥，来到博物馆，看完那段历史的全部描述，我心里总会有些疑问：刘文辉为什么没按蒋介石的命令炸毁铁索？网上和许多回忆文章中做了各种猜测，唯独刘文辉自己没有长篇累牍地解释这件事，只用了一句话：傻子才炸桥。

1949 年，蒋介石召刘文辉到成都，刘文辉率一个警卫营前往。蒋介石苦口婆心劝刘一起撤往台湾，刘坚持不吐口，于是蒋介石便密令胡宗南动手。胡宗南以开会为由传令邓锡侯、刘文辉单独到成都北校场，刘文辉完全是凭直觉，认为其中有诈，便通知邓锡侯，两人翻城墙逃出成都，而刘所带的警卫营和石达开所带警卫 2000 人一样，被全部杀死，不是红军步石达开后尘，而是蒋介石步了唐友耕、骆秉章后尘。同年年底，刘文辉与邓锡侯、潘文华等人在四川彭县起义。

中华人民共和国成立后，刘文辉曾任西康省政府主席，他本人是个靠教育改变命运的农家子弟，早年就读保定陆军军官学校，多次表示此生最大的理想就是在雅安办所大学。他还担任过西南军政委员会副主席，西康省撤销后，就任国家林业部部长，1976 年 6 月在北京逝世。

红军飞夺泸定桥的勇士究竟有多少人？目前出版物中有 18 个、22 个、23 个不同版本，三个版本唯一相同的地方是至今仍有 17 位勇士找不到他们的姓名，这么多年，这么多人都在寻找，终究还是没有结果。我相信是他们故意隐姓埋名的，他们用无名诠释了他们的理想信念、精神和品格；他们和我们不在一个思维空间，我们也许苟活于当下的名利场，而他们则是想着未来，中国的未来，那将是一个人类历史上最富有公平正义、没有剥削、没有欺压、自由富裕的人民共和国。名利这玩意儿对想着未来的人用处不大，佛教里有个"空"的概念，所有的名利从长远看都不免要成空，即便是有个姓名，又有多少人能够理解这些勇士的信念呢?！不过，我想，共和国一定要记住他们，他们没有留下姓名，那么我们就记住每一个红军战士，是他们完成了人类历史上最伟大、最英勇、最卓绝的长征，创造了生命价值的奇迹。泸定桥博物馆门口有一句口号——"十三根铁链，扛起一个共和国"，细细品味似有不妥，也不合语法，应改为"无名战士扛起一个伟大的人民共和国"。

毛主席为什么勇于再走石达开兵凶四险的小道？1863 年 5 月，石达开部经连续苦战到达西昌，此地东、南两个方向是天堑金沙江，北临大渡河，西面是雅砻江和雪山无人区，属《读史方舆纪要》的四险之地，不具备建立根据地的条件，不得不继续北上入川。从西昌入川有大小两条路：大路走越西，经大渡河大树堡渡口，过河即到雅安；小路走冕宁，在大渡河安顺场渡河。两个月前，石达开曾遣心腹悍将赖裕新出偏师沿大路先行，在白沙沟中遇清军埋伏，赖本人被垒石击中头部阵亡，先遣军全军覆没。由此可见，石达开走小路也是形势所迫，作为一代名将，出乎他预料的主要有三个因素：第一，原已经收取贿赂的彝族土司王应元、岭承恩突然翻脸，不仅用垒石滚石封堵了道路，还出兵参与对石达开部的绞杀围歼；第二，大渡河突遭百年不遇的洪水，且水深流急，包括西边的松林河，都已成天堑；第三，大渡河北岸清军唐友耕、骆秉章部已经部分换装了西方国家提供的洋枪洋炮，双方对阵石达开部已处于下风，再加上有大渡河天堑，石达开部根本没有渡河的可能，终致在四面天险八面埋伏中，弹尽粮绝，全军覆没。

蒋介石读的这段历史主要是清代薛福成《庸庵文续编》记载的内容，毛主席讲石达开时也有不少相同的地方，说明主席也读过这本书；蒋介石认为毛主席深谙历史，一定不会重走石达开曾经走过的冕宁小道，于是根据《庸庵文续编》的记载作出兵力配置部署：重点兵力放在大渡河下游方向，由四川军阀杨森任大渡河战役总指挥，扼守大树堡一线，一再勉励杨要做"当代的骆秉章、唐友耕"；小路安顺场方向则由川军刘文辉部负责防守；东部由川军陈万仞部建立岷江堡垒线；南部则是薛岳率中央军加紧向北施压。

毛主席率领红军四渡赤水，两次声东击西，突然向北强渡金沙江后，面临的局势确与72年前石达开部的战场环境和路线相似。毛主席审时度势，大路小路分别派出两个先遣团：由左权、刘亚楼率红一军团第五团走大路，这一路只在小相岭打了一小仗，便顺利地占领了越西县城和大树堡渡口，接着又是砍树，又是造船，摆出一副强渡的姿态，吸引对岸集中了大批川军；同时派出刘伯承、聂荣臻率红一军团一师一团走小路，部队到达泸沽县后，便得到冕宁地下党组织和侦察队的报告，基本上弄清了大渡河上游安顺场到泸定县一线的川军部署情况，整个上游都由刘文辉部负责防守，而刘文辉刚刚与其侄刘湘争霸四川，被打得元气大伤，手下仅剩3万多人，其中还有一半被红军围堵在西昌城下不敢动弹，剩下1万多人却要防守从泸定到大树堡300多公里的河防，每个渡口大约只能部署一个营的兵力。毛主席和中央军委作出走小路的决策主要有这么几个因素：首先，大渡河上游是围堵兵力最薄弱的环节；其次，刘湘打败刘文辉靠的是蒋介石的暗中支持，现在蒋介石又严令刘文辉与红军拼命相残，刘文辉绝不会傻到再做唐友耕的地步；再次，当年石达开兵败关键是栽在了彝族土司手里，而这次红军尚未赶到冕宁县时，国民党的冕宁县县长早早出逃，不承想，半路就被彝族同胞截杀了，这说明四川军阀与彝族土司不大可能再次联手；最后，就是当年作为西边天堑的松林河已因上游改道而不复存在了。于是毛主席再次作出"出其不意"、"声东击西"、以快制胜、走小路的决策。总政治部特意颁布了《关于争取少数民族工作的训令》，主要精神浓缩为"打不还手、骂不还口"，毛主席还特别指示部队筹集了一些酒、枪支和衣物，让刘伯承送给小叶丹，并让二人结拜为兄弟。红军主力仅用7天就穿过彝族区域；到达安顺场后，用唯一的一条渡船组织18人的突击队，抢渡占领了对岸渡口，连同在对岸搜到的两只小船，一天之内就将700红军战士运送过河，留下红一军团一师和干部团继续渡河，其余部队迅速分别溯河而上，形成两岸夹击泸定之势；又用3天飞夺泸定桥并占领了泸定县城；再用3天，毛主席率红军主力跨过泸定桥踏上了雪山草地。

毛主席走过泸定桥时，曾在桥中央伫立良久，手扶着铁链说："应该在这里立一块碑。"红军过桥后，同样没有炸桥，方便两岸群众，只是锯断了两边的四根铁链，以防追兵运输重型装备。

历史确有许多相同的地方，差距全在对细节的把握和运用，孙子兵法三十六计人人皆知，但运用之妙存乎于心，差别真不可以道里计。《庸庵文续编》仅是历史剧的过时唱本，而毛主席不仅读过这本书，并在青年时代就读过130卷的《读史方舆纪要》，以及众多介绍州郡地形和军事地理的书籍。与蒋介石那点历史知识相比，毛主席的战略格局和历史洞见能力，显然不是同一本教科书教出的学渣和学霸的差距，而是见识和眼光的天壤之别！

…………

下午，我们驾车出泸定穿康定，仍沿318国道向西行，不久便进入爬山弯道，从海拔1100多米一直爬升到4300多米，路上各种车辆你追我赶，人人争先。恰好行至多折山顶，见前面车辆挤成一团，堵了长长一溜，环顾四周，细雪飞舞，远近山岗早已过了雪线，光秃秃的，苍茫一片，偶尔能在石缝里看到一两团干枯的草丛，已经没有了一点绿色，呼啸的山风，发出阵阵尖叫，几位穿着厚重羽绒服的人从车边跑过，大概是出于好心调理两边车辆，以各自依规而行。见到此，我们车上的人相互审视一番，大家还统一穿着汗衫，不约而同地一阵哄笑，纷纷寻找可以加身的衣物。

　　…………

　　如果说中央红军过泸定桥后仍有4万人的话，到达陕北会师时也就是2万多人，其中除了红四团在腊子口打了一场规模不算大的战役外，基本上没有多少战斗减员，这样算下来……

　　"走了，走了!"好友催促道。

　　我不由自主地打了个寒战，开车缓缓起步，紧挨着迎面而来的车辆……

　　望着这片世界上海拔最高的群山，我突然想起来1898年戊戌变法中要卖掉西藏、新疆的争论。清朝末年，年轻的光绪皇帝在甲午战争失败后，决心变法图存，短短百日维新期间一连下了100多道谕旨，涉及政治、经济、教育、军事等诸多方面。例如教育，包括废除八股考试制度，在北京成立一所大学，将全国所有文庙殿宇改为西式教育学堂；成立翻译局翻译西方学术著作，成立专利局鼓励发明创造；鼓励年轻满人学习外语出国观光留学等，几乎全是纸上谈兵，根本行不通。再如经济改革，支多收少，朝廷捉襟见肘，为此康有为上奏："今统筹大局，非大筹五六万万之款，以二万万筑全国铁路，限三年成之，练兵百万，购铁舰百艘，遍立各省各府县各等各种学堂，沿海分立船坞，武备水师学堂，开银行，行纸币，如此全力并举，庶几或可补救。"那么这"五六万万"两巨款从何而来呢？康氏提出的方案："以全国矿作抵，英美必乐任之，其有不能，则鬻边外无用之地，务在筹得此巨款，以立全局。"按照他的计划，中国将卖掉288万平方公里土地。谭嗣同更激进，不光主张卖掉新疆、西藏，连内蒙古、青海也可以考虑卖掉，"供变法之用"。不过谭嗣同人品上"视荣华如梦幻，视死辱为常事"，不像康有为，变法失败，携带不少款项和改革派的美名，到巴西搞房地产开发去了。

可见并不是每一个高喊改革的人，都有高尚纯洁的动机。

大臣荣禄将康有为请到总理衙门问变法成功之道，康有为就回答了一句话：杀几个一品大员即可。正是这句话点醒了保守派，原来，改良派夺权的真实意图远远超过那些天花乱坠的改革主张。

尽管康有为等人提出了卖掉大片国土这么便宜的事，但西方人并不想花一分钱，他的提议引诱出西洋和东洋更大的贪婪。英国传教士李提摩太、日本首相伊藤博文等人在国际上上蹿下跳活动一番，不失时机地提出了一个趁火打劫的所谓"借才""合邦"计划，这个计划说起来含含糊糊，但做起来步骤十分清晰，先由康有为将李提摩太、伊藤博文引荐给光绪，让光绪任命二人为顾问和首相，完成第一步借才；然后再由李提摩太和伊藤博文"挟天子以令诸侯"，操作实现"合邦"，建立英、美、日、中四国联邦，实现所谓的财、税、兵及外交政策的统一。如此粗糙的"合邦"规划，只要稍有眼光，就知道是个彻头彻尾的灭亡中国的计划。世界上只有光绪帝和康有为等人对此兴趣盎然，还以为真正能让清朝复兴到美利坚的水平。于是乎，伊藤博文立即辞去日本首相一职，急如星火般地赶到了北京。伊藤博文与李提摩太同住在一家宾馆，两人还分别觐见了光绪，规划进入了全面实施阶段。然而他们却低估了慈禧太后等保守派翻盘的魄力，一夜之间就制止了几乎所有的改革措施，整个变法宣告失败。遗憾的是，变法失败把废八股、兴西学等一些有益的措施也一并废止了，全国几百万学子，仍旧在四书五经的圈圈里耗尽青春，直到1905年太后西狩还京，实行了一千多年的科举制度才被正式废除。

后人但凡稍微了解一些历史，心里就会滴血，红军之所以能忍着饥饿伤痛，在冰天雪地、沼泽陷阱等无法想象的艰难困苦中，最终走到了胜利，一定有一个坚不可摧的信念在支撑——他们要为中华民族的子子孙孙找回应有的尊严！

…………

晚上，在呼啸的雨夹雪中，我们赶到了新都桥……

甲骨文为什么能传承至今

　　新都桥不是桥，而是镇名，隶属康定市，这里的镇与中原镇的概念不一样，中原多是历史名镇，镇与镇之间相距不远，邻近镇上的集市，群众说说笑笑就能走到。而这里的镇你得按天数安排行程，从成都出发，汽车开一天大约可以到达新都桥，新都桥镇由此而建，先在这里设置了兵站，人来人往走多了，便升格为行政单位。我曾两次投宿新都桥，遗憾的是都在深秋，且都恰逢冰冷的雨雪天气，少了春夏时节的五颜六色，只要出门，牙齿便会不由自主地敲击开来，所以虽住过两次，却不知镇政府在哪里。

　　从新都桥到香格里拉镇，一路风和日丽，距离 400 多公里，有多个不可错过的景点，如天空之城理塘、海拔 4500 米的海子山等，自然景观有峡谷、草甸、雪山、森林，人文景观更是随处可见，到处是寺院、白塔、"玛尼"、"风马"，这一路的群众早已不种青稞之类的农作物，而是改种"风景"了。

　　与 2016 年那次来香格里拉相比，一路的基础设施的确改善不少，上次翻越贡嘎山用了三个多小时，这次隧道打通只用了半个小时。沿途所见，到处都是格桑花、"玛尼"、"风马"和牦牛。"玛尼"就是石块的堆积，大的如小山，小的只有三块叠加石子，不过却十分精巧，风雨不倒。"玛尼"的解说很多，一般认为是安放灵魂的地方，恐怕这只是近年的提法，从历史文化的解释看，它仅仅是一种祈愿的形式，任何人许下任何愿望都可以垒起心愿的"玛尼"，至于它意味着什么要看你的愿望了。"风马"是汉语的说法，当地群众叫"隆达"，也就是挂起的经幡，上面印有藏传佛教的教义，不同的内容挂在不同的地方，有不同的含义，如挂在家里便是全家安康，挂在山上就是山神保佑，挂在路边就是出行平定，等等。不过，经幡上印的文字，即便在当地也已经很少有人能认读了，我问了几乎所见到的每一位当地群众，大多只是摇摇头，只有一位老年人说，它也是一种祈愿，经幡上的文字可以有很宽泛的解释。"风马"分红、黄、蓝、绿、白五色，分别代表着火焰、大地、蓝天、绿水、白云，代表着构成这片高原的五大元素。路边山上、河流风口，走不远就可以看到迎风飞扬的"风马"，五色经幡是否取自中华传统文化的五行之说尚无文献资料证明，但当地整个文化传承源自华夏文化是毋庸置疑的。

中原文明是中华文明的核心，相关证据显示，西南最早的三星堆文化受到河南偃师二里头文化的影响，只是那时候既没有青铜器，更没有文字，仅从陶器、石器实物上看，本

回望中原——一段检读历史真相的心路

地文化和二里头文化的影响是同时存在的。

到了商朝，青藏高原，包括云贵川高原与中原地区文化经贸交往已经有了实物证据，安阳殷墟出土文物证实，商朝青铜器铸造使用的原料，铜、锡、铅不少来自云贵川高原，有学者认为，河南南阳发现过古铜矿遗址，商朝的青铜铸造不大可能舍近求远。这个理由其实是站不住脚的，认定青铜器原料来源的关键还是看它的分子结构，不能因为南阳古铜矿遗址的发现，就简单地认定它就是唯一的来源。

商朝其实是有两种文明支撑的，即青铜文明和甲骨文明，青铜文明目前尚未追溯到它的源头。三星堆遗址大约相当于商朝晚期，发掘的青铜器，铸造工艺、成分配方等已经十分成熟，不大可能属于原创的初级产品，追溯青铜文明真正的源头还有赖于考古的进一步发掘，但无论怎么说都应把安阳殷墟、三星堆甚至蜀身毒道等文明史迹一并加以思考和研究。

甲骨文明的源头基本可以认定在河南舞阳北舞渡镇贾湖村遗址，该遗址碳-14、释光测年显示距今 9000—7500 年。从 20 世纪 60 年代开始，这里已经发掘出土了 6000 余件文物，震惊世人的不仅有人工栽培的水稻和至今尚能吹奏乐曲的骨笛，更有一批带有契刻符号的甲骨片，其中龟甲刻符 9 例、骨器刻符 5 例、陶器刻符 3 例，刻符结构有"横""点""竖""撇""捺""竖勾""横折"等，书写也是先横后竖、先左后右、先上后下、先里后外，与现代汉字结构相似，与晚于贾湖遗址 4000 年的商代甲骨刻辞有许多相似之处。

安阳殷墟的甲骨文已经形成很成熟的文字系统，殷墟甲骨文共收藏了自盘庚迁殷（公元前 1300 年）至商王帝辛亡（公元前 1046 年）历经 8 世 12 王 250 余年的卜辞，共出土 15 万片左右，有不重复的单字 4500 多个，后世分为五期，东汉许慎将汉字造字分析归纳为"六书"，即指事、象形、形声、会意、转注、假借，这些方法特征在殷墟甲骨文里均能找到，"六书"系统不仅是分析已有文字的工具，而且也为再造新字提供了依据。

任何一种文明难能可贵的是面对生存困境提出问题、解决问题的能力，尤其是提出一些超越现实需求、有利于长远的形而上的问题。而通过甲骨问天的祭祀形式创造的甲骨文字恰恰反映了我们祖先这方面的能力，它不是像其他文明那样比葫芦画瓢式地造字，更不是仅仅作为语音的记录，它的创造来源于祖先们的宇宙观和天下秩序观，义理结合，音形表随，从舞阳贾湖到商朝末年甲骨文字基本定型，历时 4000—5000 年。我们的祖先赋予每一个汉字以独特的语义和生命力，形音义理高度稳定。再有，这些文字组词不仅可以描述现世的所见所闻所思，还可以跨越时空与远古的高贵心灵交流，更因为我们的祖先创造的每一个字都有独特的方便应用和丰富的表达能力，形态上又有画的美感，在人类文明史上独步天下，难以取代，说它代表了远古人类文明，尤其是文字创造的最高水平一点不为过。

四大文明古国都有自己的文字，并且创造自己文字的时间距今都有近万年的历史。

古埃及象形文字起步于原始岩画，文字基本上没有超越图画象形阶段，其文字包括三个字符——音符、意符、限定符，书写又分僧侣体和世俗体，书写规则十分散漫，顺序可以由下而上，也可以由上而下，可以向左，也可以向右，甚至还可以从两端向中间写，只是每句开头都要画个动物头或人头，动物头或人头面向的方向，就是释读的方向。由于古埃及文字太过象形，文字成了名副其实的高超艺术，并逐渐失去了它的普及性和文字功能。

古印度象形文字，同样起自印度文迪亚山脉的岩画，时间甚至可以追溯到 2 万年前，以后这些图画图案又被照搬到陶器印章上，发展成有象形、有表音的文字，可惜的是仅仅停留在了字母文字的表音阶段，真正的文字尚未成熟就被淘汰了。

美索不达米亚的楔形文字，虽然起源于图画，但经过了3000 多年历史，其结构逐渐抽象化和简化，并且有了表意和表音的功能。遗憾的是，楔形文字的字数由青铜时代早期的1000 多个，缩减到青铜时代晚期的 400 多个，对于文字表意来说实在太少，反过来对于文字表音功能而言，又实在太多。亚述时代文字数量曾一度增加到 500 多个，终归无法发挥文字真正的功能，逐渐被表音文字代替。

从河南舞阳贾湖遗址发掘的龟甲刻符看，安阳殷墟甲骨文字很大程度上起步于人与人交往的诚信契约，或是对祖先上天的一种尊重崇拜，有学者认为贾湖的龟甲刻符应定名为"契齿文"。到了商朝，甲骨祈天是商王朝独有的贵族民主政治的实现形式。甲骨文字开始具有新的功能，不但使词符脱离与原有的语音的联系，克服了"十里不同音，百里不同俗"普及障碍，还大大拓宽了甲骨文字直接表达观念意义的范围。到了商朝后期，甲骨文字中象形字数量已经不多，进入了汉字音义兼表的新阶段。

....

汽车驰上通往理塘县城的山口，远远望去群山环抱着一座迷人的小城，当地人称"天空之城"，孕育着借得白鹤双翅飞翔的梦想，空旷辽远，确实让人耳目一新。

理塘县城海拔4000多米，坐落在四面环山的盆地里，街道整洁，市貌安详，与早几年相比，县城面积扩大了不少，无论从居民穿戴还是实际消费价格看，理塘群众的生活水平显然比中原地区群众高许多。

在理塘匆匆吃了顿饭，起身驱车前往香格里拉镇，这一路是风光如画的旅游热线，间隔不远便会有天然景点，大多免费，供游客观赏。

....

甲骨占卜自古以来被认为是事神尊神的迷信行为，《礼记·表记》中孔子曾经对比夏商周三朝，认为："殷人尊神，率民以事神，先鬼而后礼。"大约他只看到商朝甲骨占卜祈天祭祀的形式主义的一面，而没有真正了解占卜祭祀的本质，很可能他连甲骨文都不认识。随着安阳殷墟甲骨文研究的深入，甲骨祈天的整个过程，即便用现在观点看也不能认定为迷信。出土的完整的甲骨刻辞从内容上看分六个方面：署辞（即什么时间、什么地方、什么人送来的占卜骨料龟壳，什么人修置、什么人保管等），兆辞（即用火烧凿后出现的兆纹），前辞（什么时间、什么人、因何事由祭祀占卜），贞辞（所问问题，也可将所提问题分为正反两个方面提出来，或是一个问题两种不同的意见），占辞（对所提问题的解答，往往包括正反不同的答案），验辞（验证不同解答的结果）。商人的占卜活动是当时王朝的头等大事，由于物质和知识的极度匮乏，世间没有权威结论，人们名义上占卜问天，实际是靠大家集思广益，依据不同经验，从不同角度去探讨生产生活中的难题。商人很早就知道任何事任何人都是矛盾的统一体，在不同的条件下可以出现不同结果，因此可以从不同角度，提出不同问题，作出不同的判断，创造不同条件，去改变事物或自己，所以占卜的最后一步验证就显得特别重要，验证有无对错的过程就是商人认识世界和自我反思的过程。例如，明天早上会下雨吗？这涉及第二天的许多日程安排，占卜活动所有参加人员，包括神祇人员、行政官员还有商王本人都可以根据自己的经验知识，提出自己的判断，最后经上天验证是否下雨后，各人的判断和验证结果都刻在龟骨上，整个过程才算完成。甲骨祈天占卜活动主要有三个作用：积累生产生活的经验，选择决定自己的行为，意义的形成。最后这一点很有意思，很多人往往忽视这一点，在实践层面上，向上天和祖先提出问题的目的不是迷茫猜测问题的答案，而是通过反思，"顺应自然"，不断提高自己的认知能力，并在此基础上，思考促进转化的条件和对策，以实现追求的目标，探讨可供借鉴的方法和思路；在形而上的层面，又是一种对生命、对人生的审视，是知天命、懂敬畏的终极关怀。当然，用现代的角度审视，甲骨祈天显然不够完美、理性，可正是这种有缺陷的活动，使我们的祖先在当时认知水平下找到最有效的经验和方法。德国哲学家曾经使用过一个概念，把人类祖先远古的一些有价值的活动称为"原始科学"，我感觉不如用"少年科学"更贴切。

…………

"你从甲骨占卜的一般程序推导商人的活动，有没有真实的刻辞能证明商人占卜活动就是他们的反思行为呢？"

"很幸运，还真有一块殷商五期的甲骨刻辞，按照顺序应该占卜了三次，提问：能用歌舞祭祀祖先吗？占卜兆纹贞辞皆是：不能。再提问：能用歌舞祭祀祖先吗？再答仍然是：不能。第三次提问：能用歌舞祭祀祖先吗？这一次回答：可。以前祭祀祖先很可能是要表示后人的赫赫战功或是开疆扩土的贡奉，而这片刻辞一改过往的传统，用后人的欢乐和艺术祭祀前辈，给人带来的释读真是动人心弦！"

"苍天有眼啊！三千多年后，甲骨文用无可置疑的证据，证明了华夏文明的品质!"

片刻后,朋友环视了一番殷墟园区,接着说道:"我走了那么多国家和地方,没见过哪个国家的人把自己的祖先说得那么残暴、那么愚昧、那么黑暗,这恐怕是传统文化最糟糕的地方。"

我看着脚下一只不知名的小虫急匆匆地爬进草丛,抬头答道:"在这个问题上,我认为鲁迅那句话说得对——我以为要少——或者竟不——看中国书……商朝以后所有写书的人都没见过甲骨文,即便周初有人识得甲骨文他也未必敢再书。周朝自称'天命归周'后,垄断了天意解释权,停止了甲骨祈天仪式,甲骨问天成了冒犯天命的行为,后人评价就越来越不堪。"

"这段历史是年轻人自卑情节的最大症结之一,把这段颠倒的历史再颠倒回来恐怕不太容易。"

…………

1899 年,清朝国子监祭酒王懿荣患疟疾,到宣武门外达仁堂买一剂中药,见一味龙骨的中药上刻了一些符号,对金石文字素有研究的王懿荣认定这是古代文字,便以每片龙骨二两银子的价格,将达仁堂的龙骨全部买下进行研究。然而此时正值清王朝苟延残喘之际,翌年七月,八国联军兵临北京城下,王懿荣被任命为京师团练大臣,负责防守京城,谁知慈禧太后带领皇室家人仓皇出逃,王失望之极,留下绝命辞章,与继室、守寡的长媳三人一起投井自尽。

王懿荣之后，刘鹗选取部分甲骨拓印了《铁云藏龟》，第一次发表了甲骨文资料；后罗振玉又著有《殷虚书契考释》一书；王国维著有《殷卜辞中所见先公先王考》《殷卜辞中所见先公先王续考》《殷周制度论》《殷墟卜辞中所见地名考》《殷礼征文》《古史新证》等；要说甲骨文研究成绩最大的还数郭沫若先生，著有《甲骨文字研究》《殷周青铜器铭文研究》《中国古代社会研究》等专业学术著作。

郭沫若早年学习经历与鲁迅颇有相似，在国内和到日本先是学医，后转为文学创作；1926年筹备国立武昌中山大学，同年7月，随国民革命军北伐，先后任国民革命军总政治部宣传科科长、副主任；1927年8月，郭沫若先生参加南昌起义；翌年2月，由于国内无法安身，只得逃往日本；郭沫若此次到日本，正值日本史学界、理论界、思想界大肆鼓吹东洋文明之时，太阳后裔神族和东亚共荣圈等一系列学说论述甚嚣尘上，形成了一套东洋文明理论。其实，这套理论的基础可以说直接来源于西方文明等级论，或是西方文明中心论的一个重要分支，很有代表性，了解其产生和发展的过程，更容易理解西方社会学的本质。

1859年11月，英国学者达尔文出版了被称为进化论的著作《物种起源》，提出了"物竞天择，适者生存"的生物进化论观点，与他同时代的斯宾塞很快就把这一生物学上的发现应用于社会学领域，提出了"优胜劣汰，弱肉强食"的社会进化论理论。1877年，日本邀请美国动物学家莫斯到东京讲授进化论，包括斯宾塞的社会进化论观点，日本不少学者很快便发现了其中的"作用"，异常兴奋，开始有意无意地混淆生物进化与社会进步的区别，日本学者福泽谕吉、加藤弘之、田口卯吉等人纷纷著书立说，开始酝酿日本人自己发明的"进化论"，肇启编造了一套所谓的"东洋文明论"。

"东洋文明论"大致可以分为这么几个阶段：第一，18—19世纪，西方国家垄断"文明"的解释，曾经专门制定过《国际社会文明标准》，把当时的人类社会分为野人、蛮人、半开化人和开化人四种，根据这个标准，一位叫威廉·伍德布雷奇的人写了本美国中学教科书——《地理学基础》，把中国、日本等亚洲大多数国家列入了野蛮或半开化国家，在文明等级上排在少数西方国家之后。对于西方人这一所谓文明等级的划分，中国人显然是不赞成的，而日本人，包括福泽谕吉等最早一批接受所谓"西方文明"的学者开始是同意西方"人种分类法"的，只是心有不甘。于是田口卯吉写了本名叫《日本人种论》的书，书中坚称：把日本人称为蒙古人种，与中国人种相同，"是沿用欧洲人轻率定下来的人种分类法"，不是欧洲人编的这个分类法不对，而是根据他的研究，"大和民族与中国人不同种，而和印度、波斯、希腊、拉丁人同种"。不久，又有一位叫小谷部全一郎的人从地名读音考证入手，认定日本人来自亚美尼亚，祖先是以色列十二支族中已经消失的"迦德族"，是"希伯来神族正宗"。尽管他们说不清楚"迦德族"是如何来到日本列岛，又是如何成为太阳后裔的，仅这一提法便大大鼓励了日本挤进西方"文明"行列的信心。1875年，福泽谕吉发表《文明论概略》，"洋"和实力地位成了"文明"的标准；1885年3月16日，他又在《时事新报》上发表了那篇有名的《脱亚论》，开始攻击中朝两国专制、黑暗、残暴，是"恶名昭彰"的国家，日本要全盘西化，脱亚入欧，跨入文明国家行列，至于为什么要这么做，他直言不讳地宣称，就是要"因势疏导，同沐文明之和风，扬帆东海，共享其利"。福泽谕吉认为，在这个世界上只有"文明国家"才是"食他者"，日本进入"文明国家行列"自然就取得了"食他者"的资格，于是福泽谕吉主张，日本不光要从制度文明、思想精神上"全盘西化"，并且还要从仪表行为、言语服装上，甚至人种上"脱亚入欧"。此后，福泽谕吉又发表多篇文章论述日本脱亚入欧的方法步骤，认定朝鲜、中国"专制迷顽"是对日本的威胁，世界弱肉强食的规则是，"百卷万国公法不如数门大炮，数册和亲条约不如一筐弹药"。强大就是文明，文明就是先进，先进就成"食他者"，"食他者"就能和西洋列强一起"共享其利"；反之，落后只能是"被食者"，公然鼓动日本先后发动了甲午战争、吞并朝鲜等一系列对外侵略战争。当然，西方一些老牌帝国主义国家对日本这种强行搭乘"文明国家"列车的行为并不是十分感冒，日本的这些"共享其利"的行为，从19世纪末开始就成了帝国之间战争的导火索。

到 20 世纪初，日本才发现"脱亚容易入欧难"。日本一些学者，如加藤弘之等人开始立论"日本人种绝非劣等人种"，论述日本人与欧洲人同为"上等人种"，认定日本人与欧洲人可以并立，"相互争文明之先，不仅不被彼等所食，而且要与彼等一起，形成寻找时机食他狩他之势"，加藤弘之反复强调，"假若欧洲人种遵守所谓人道，将野蛮人民视为与自己同等，敬重其人格、自由，承认其土地所有权利，将会有如何结果？若果然如此，我想，世界之大部分如今仍然是荒芜之地，因而世界之开明也几乎不能充分显现"。由此得出结论，文明民族征服野蛮民族不仅是"正当合理"的，而且是促进世界文明进步的"原动力"。从这个立场出发，加藤弘之等人认为，中朝两国属于野蛮人，"锁国自安"，妨碍人类之幸福，文明进步之光，日本不能不对之作出处分。

　　其间，正是郭沫若第一次赴日留学，回国后投身新文化运动时期。

　　…………

　　"到了，香格里拉！"

　　汽车在蒙蒙细雨中驶进香格里拉……

　　　　这美丽的香格里拉

　　　　这可爱的香格里拉

　　　　我深深地爱上了它，我爱上了它

甲骨文为什么能传承至今　　　　　　55

你看这山依水涯

你看这红墙绿瓦

仿佛是装点着神话，装点着神话

你看这柳枝参差

你看这花枝低芽

分明是一幅彩色的画

啊，还有那温暖的春风

更像是一袭轻纱

…………

一同车好友情不自禁地唱起了邓丽君翻唱美国 20 世纪 30 年代的老电影《消失的地平线》的主题曲。

另一好友挥挥手，打断兴头正浓的歌唱，大声道："如果你知道这首歌的背景，你就不会再唱了，这是邓丽君翻唱老歌中最糟糕的一首。"

…………

华夏民族心灵的构建

香格里拉是藏语方言，意为"心中的日月"。1928 年，美国探险家约瑟夫·洛克来到稻城亚丁，后来他把所拍的照片发表在美国《国家地理》（*National Geographic*）杂志上，引起了巨大的反响；1933 年，英国作家詹姆斯·希尔顿写了本梦幻的通俗小说《消失的地平线》，被美国好莱坞搬上了银幕，斩获好几项奥斯卡奖，作者创造了一个神秘、甜美、宁静、长寿、幸福的梦幻概念——香格里拉，值得注意的是，这一概念与藏族方言的原本意义有很大区别，还多少有些殖民者傲慢的味道。之后一个世界著名豪华酒店集团也借用这一名称将这一概念商业化，进入世界各地，其含义与当地群众心中真正的"香格里拉"更是渐行渐远。

亚丁景观主要由仙乃日等三座雪山、环绕的五彩森林、蓝天白云和河流草甸构成，置身其中，如遇佛缘，给人以梦幻的意境，难怪美国探险家洛克将照片发到《国家地理》杂志后，引起那么广泛的关注。至于英国作家希尔顿，他根本没有到过中国，更不可能去过亚丁及青藏高原任何地方，那本《消失的地平线》完全是迎合欧美一些人面临的人生无意义的焦虑而创作的世外伊甸园，书中除了个别汉人、满人客串一些"跑腿"的角色外，对当地藏人没有任何具体真实的描写和推连情结的叙述，甚至连语言都很少，作者写书的目的是解决西方第一次世界大战结束后，第二次世界大战的阴影乌云密布之时，人们普遍存在的避世求安的心理需求，是慰藉西方人现实生活的"桃花源记"。

如果是西方人一时的焦虑，他们恐怕不会大老远跑到东方的世界屋脊上来寻找一种自我存在的价值，他们完全可以推开自家的窗户，远眺一片西方的大地，想象一个世外桃花源，只是这样根本解决不了他们真正的心灵难题。

自尼采喊出"上帝死了"后，西方人就陷入了价值崩溃带来的无意义的困境，这种困境就是现代人心灵结构的解体。众所周知，传统的人类心灵结构构建起步于人类文明之初，人们开始用语言文字记叙表达世界上的万事万物，定义人们面临的难题，归纳起来，无论哪种文明，大致都要解决三个人生的问题：第一，人与周围世界的关系，如何理解和认识大千世界，让自己能在这个物质世界里活下去，为此应当掌握哪些经验和认知；第二，个人与社会的关系，如何理解和认识自己，也就是说你个人在这个世界上应当有什么价值和责任；第三，由于个体生命的有限性，生命实际上是面对死亡的存在，人生无常，但终会有对生命终极意义的拷问。

德国哲学家卡尔·雅斯贝尔斯很早就发现在公元前 800 年至公元前 300 年的时间里，在北纬 30 度上下的辽阔区域内最早起步的人类文明，尽管这些文明有不同的文化经历和背景，但几乎同时取得了重大的突破，形成了中国、古希腊、古印度三大轴心文明，西方学界用"超越突破"的概念来表述这一时期的文明成果，其影响一直持续至今，可以说是一种截然不同的文明文化，正是因为它解决了人类的上述三个终极问题。按照西方学者自己的说法，现代西方人心灵结构的构成继承了古希腊轴心文明的成果，首先在发现自然法则方面取得了认知理性，由于认知理性无法提供超越生死的意义，最终与希伯来救赎宗教相结合，形成了持续至今的天主教文明。西方不少学者认为，轴心时代的"超越突破"从本质上讲，就是让个体人能够寻找到生命的终极意义，这是个人主体性的起源。由此可见，传统文明的心灵架构主要有三个认识论基石：认知理性、人生价值和终极关怀。这三个基石又是相互联系、相互影响、相互维系的，每一块基石的动摇都会关联整个心灵结构的稳定。认知理性是面对外部世界作出是否真实的判断和反应的经验，人生价值是自我主体对自己行为意义和价值的定义，终极关怀则是对生命终极意义的回答。

到了现代，认识理性逐渐演变成了现代科学，但科学却是一门很强大的认知体系，让人坚信，除了科学证明的东西外，一切无法证明的东西皆可存疑；科学让人们在逐渐掌握自己命运的同时，也使任何传统价值观失去了基础；个人权利开始成为现代社会最基本的价值，"自我"逐步占领并改变了世界；人也从某一种固定模式的终极关怀中走了出来，寻找和创造自己的终极关怀。至此，西方传统心灵结构的基石发生了断裂，科学认知、人生价值、终极关怀各自按照自己的认识论逻辑而深化，最后只剩下了对"自我"的追求，而"自我"某种意义上讲只是个箩筐，个人的欲望和外部的注入成了心灵构建的主要材料，怎么构建新的自我，从这些材料中生成意义，成了不少人忧心、焦虑的根源。

　　…………

　　五色海、牛奶海是亚丁一行必去的景点，两湖海拔都在4600米左右，大概都是洪荒年代留下的堰塞湖。我上山之前，爱人递给我一小瓶速效救心丸和身份证，正疑惑间，她笑着说："你万一'挂了'，人家好知道你是谁。"

　　其实爬山并不完全是看风景和锻炼身体，更主要的还是认识自己，认清自己的渺小和无奈，从时间上讲，在万古长存的大山面前，人的一生是可以忽略不计的，从大山的历史和性格上讲，人们还没有真正理解它，面对大山怪石嶙峋如同炸裂般的巨大身躯，你想象不出那天崩地裂的混沌年代是多么惨痛！或许因为川藏高原是地震多发带，这儿的山即便再高，也像是巨大的碎石堆砌成的一般，能够给人无尽遐想。当地群众把雪山视为保护神，期望高山能给人们带来平安宁静，于是在山上湖边垒起一个个"玛尼"，四周挂着

"风马"，祈求众生平等，幸福安康。

…………

与西方人心灵构建有所不同的是，我们的祖先创造了独步天下的文明形态和重大理念，为我们民族不断创新价值观，创建新的思想、新的文明开拓了广阔的空间，解决了人类面临的共同终极问题。

我们的祖先用甲骨文字定义万事万物，这比语言符号的表述更准确、更真实、更规范。从河南舞阳贾湖遗址发现的契齿刻辞，到安阳殷墟的甲骨文字，汉字进化成了非常成熟的文字体系，通过甲骨祈天，我们的祖先积累了数不尽的生产生活经验，解决了当时知识和物质极端匮乏的生存难题，妥善处理不同地域、不同族群、不同方国之间的关系，创造了青铜时代绚丽多彩的文学艺术、诗歌哲学、音乐舞蹈、服装工艺等，在认识世界、认识自己方面跨上了一个"超越突破"的新高度，开启了华夏文明的精神源头。

华夏文明轴心时代"超越突破"主要体现在摆脱"自我中心"的偏见。商朝的先民一开始就把自己看成自然现象的一部分，十分谦卑，"天命玄鸟，降而生商"，认为自己只是燕子的后裔，故乡和祖先都在天上，人间只是生命旅程中很有限的一段路，人终究要回到天堂的祖先身边；商人同时认为，既然人在世间的生命只是家族无限生命延续的一段，纵有生命传承的责任，横有亲缘同胞相助的义务，整个族群如同一张大网，每个人只是连接错综复杂网线的一个结点，而且每张族群大网之间也有着千丝万缕的联系。最早打破原始部落近亲婚姻是一种天下观念，认为人都是"大道之子"，人人平等是天道的"道性所在"，产生了在物质资源十分匮乏的情况下维系生命大树的最初的民生思想。

商朝平等思想的基础是财产的平等权利，安阳殷墟出土的一块甲骨占卜问的是：先收商王地里的庄稼，还是先收王后地里的庄稼？这说明商朝男女都有自己的财产权，女人并非男人财产的一部分。有学者考证，商朝甚至连男女界限都没有，当时的平等程度超出了现代大多数人的想象。

可以想象，我们的祖先并没有多少浪漫时光，由于物资匮乏，人们生活朝不保夕；由于知识匮乏，人们对生存环境中的大多数自然现象无法解释，对自身的认知也十分有限，也无从产生坚定的信念。日月星汉，风雨雷电，生老病死，喜怒哀乐，这些每天都发生的事，人们都无法理解，于是便产生祭祀占卜活动，人们满怀着美好的愿望，祈求收获，保佑平安。显而易见，商人的祭祀占卜仪式和制度并不是完美无缺的形态，也正因为它的不完美，才给文明提供了进步的空间。随着这些活动的不断改进和知识积累，人们在认识自然、认识自己方面实现了文明的跨越，精神上实现了影响至今的突破，创造出许多重要思想和概念奠定了中国人心灵构建的基础：

一是确立了"天"的终极权威。甲骨文中"天"字的写法有近40种，反映了祖先的漫长的认知过程。商朝走进历史起步于"景亳之命",是中国历史上第一个由众人推戴"替天行道"的王朝,参加会盟的 3000 多个部族首领共同推举商族为"天下共主","天"成了商朝合法性的来源,作为一个哲学概念的"天",是"天道""天理"论述的出发点和落脚点,又是一个可以无限扩展和追求的目标。从甲骨祈天开始,它就给人一种真正的自由,让人们自由自主地追求"天道","天道"成为一个永无止境的目标。

"遂古之初,谁传道之?"屈原《天问》开篇便问,我们远古的祖先把道视为灵与肉、身与心的最终归宿,随着人们的认知能力不断提升,"天道"不断深化、丰富、完善。"道可道,非常道",老子《道德经》代表着轴心时代人们对道的感悟和理解,至今读起仍会有不少启迪。"天道"严格意义上讲不是宗教,但在古人心目中却具有"超我"的地位,孔子曾说:"朝闻道,夕死可矣。"可见"天道"在古代士人心中的位置多么重要。

二是建构了"天下观"。"天下观"是一个平等概念,"天道无亲","圣人常善救人,故无弃人",在商人祖先眼里普天之下所有的人都在"天道"之内,应当平等相待,不同地域,不同族群,不论国郊荒野(古人称城里为国,城外为郊,郊外为荒,荒外为野),不分老幼,不分男女,不分贵贱,所有人都有生存等合法权利,在上天面前都有平等的地位。

"天下观"的概念尽管在甲骨文里表述得并不是很清晰,

但商人的典章制度则体现了这一重要思想，商人甲骨祈天并没有垄断"天道""天意""天理"的意识，出土的大量甲骨刻辞证明，祭天占卜多是为了解决商人面临的生产生活难题，而不是像孔子所说的那样，为了"事神"，其本质是弘扬"天道"，毕竟"天道"是为天下人所共有的。武王攻商后，"天命归周"，周人废除了祭天占卜的制度，把"天道"简单地等同于"天命"，用"天子"取代了"天"的权威，逐渐垄断了"天道"的解释权，失去了"天下为公"的胸襟，"天下观"也从典章制度变成了士人的论述和愿景，周公曾说："惟殷先人，有册有典。"讲的大概就是这个道理。

老子从自治的视角，讲理想的社会，"小国寡民，使有什伯之器而不用，使民重死而不远徙。虽有舟舆，无所乘之；虽有甲兵，无所陈之。使人复结绳而用之。甘其食，美其服，安其居，乐其俗。邻国相望，鸡犬之声相闻，民至老死不相往来"。这里的"国"指的就是城，无论是个人还是一个地方的风气能够平等地对待这个世界，安无欲之欲，乐无事之事，则不会因一己之私，引起纷争。

孔子主张用"礼"和"仁"约束个人欲望，他心目中的理想社会，是"大道之行也，天下为公，选贤与能，讲信修睦。故人不独亲其亲，不独子其子，使老有所终，壮有所用，幼有所长，矜、寡、孤、独、废、疾者皆有所养，男有分，女有归。货恶其弃于地也，不必藏于己；力恶其不出于身也，不必为己。是故谋闭而不兴，盗窃乱贼而不作，故外户而不闭。是谓大同"。

"天下观"是甲骨文明最杰出的贡献，它是一种约束，文明的约束，中华民族数千年没有走上帝国的道路，其根本原因就是"天下观"的约束。"帝国"是一个外来的概念，我国原有过"帝国"一词，是"帝王国家"的意思，而世界历史上真实的帝国，是指一个对外的掠夺盘剥体系，它的特征是对不同性质的族群、地域进行征服和收税的体系，中华民族从来没有打算建立这样的体制，就是因为有"天下观"和"天道"信仰的结果。在世界范围内，历史上凡是步入帝国道路的众多政治组织，即便如古希腊、古罗马这样伟大的文明，也未逃脱帝国反噬自身的"魔咒"。

树立了"以文化成天下"的价值观。华夏文明起源于成象之法，记录祖先的思想精神从造字开始，通过文字构建起最早的文明要素，家庭、族群、城邦、天下、天理、天道、法天敬祖等等，有了这些概念人们才能摆脱野蛮状态，建立文明共同体。"见龙在田，天下文明"，孔颖达疏："天下文明者，阳气在田，始生万物，故天下有文章而光明也。"这里讲文明需要一个适宜的环境，需要众多致力于"以文化成天下"的士人，这就要求士人树立相应的"文以化成天下"的价值观，不会因为价值观的更替而失去对道的追求，更不会有失去终极关怀的恐惧。

···········

我们穿过一片小溪纵横的草甸，便开始爬山，与几年前相比，通往高山平湖的路况平整许多，峭拔的山边大多装修了有扶手的铁梯，每走几步回首环视群山，风光便是另一番模样，真是三步一境，五步一界。4000米雪线以上草木皆无，遍布着风裂的乱石，远方雪山壮丽，白云累累，未到湖边，便见耸立着的高大石柱，十分震撼，任何人都会不由得生出一种敬畏，一种对大自然伟力的敬畏。

登上牛奶海，天边便劲吹着细小的冰雹，痛击着每一块裸露在外的皮肤，由于缺氧，每迈一步都要大口大口喘上一番，幸好同行的好友递给我一罐氧气，我深吸几口，稍许减缓了双腿如灌铅般的沉重。登上湖边山岗，一阵黑云擦肩滚向湖面，四周昏暗茫茫，手脚冻得几乎不听使唤，再走几步，环顾四周，游人越来越少，本打算围着两湖各转一圈，没承想风把护目镜吹落湖边，为拾护目镜竟又一脚踏进冰冷的湖水里，不由得从心底打了个寒噤，忍痛放弃了打捞的企图。

我两次登上五色海、牛奶海，都无缘见识那绚丽多彩的湖光山色，实在心有不甘，便蹲在湖边等待，直到下午四点也没有等来阳光，只得匆匆下了山。

…………

中国传统文化塑造的心灵结构不会像尼采说的那样，存在一个可以拆解的权威，"超我"就是寻道，如同攀登眼前巍峨的雪山，每个人都想攀上那凌绝的山巅，去看那喷薄欲出的朝阳，领略那绝美景色，让生命发出光来，哪怕只有卑微的一点，也会给你终极慰藉。然而，攀登的艰难，山道的曲折，浮云的痴妄，风云的变幻，细想真正觉悟到"天道"的人或许很少很少，那是一条通往"无我"的险路，通天彻地，只有心有大爱的人，才有可能登上天人合一的大我境界。

我想，每一个勇于攀登雪山的人都值得尊重，许多人在出发前或许就知道无缘登上那风光无限的山巅，然而他们还是束装就道，如孟子所说："尽其心者，知其性也。知其性，则知天矣。存其心，养其性，所以事天也。"人们要的是白云擦肩的感受和无限辽远的视界，即便无缘登顶，也能不虚此行。

"以文化成天下"是传统文化的价值观，是轴心时代甲骨文明的体现，是包括国家和个人在内的共同的价值目标。安阳殷墟考古发掘证明，商人交往贸易西有现在新疆的和田玉；南有出土的完整的占卜龟料——马来龟；东至现在日本冲绳的宫古岛，商朝发行的货币就是产自这个岛上的特有贝类；北方活动的边界虽然从出土文物中尚难认定，但从商末周初箕子封领朝鲜看，商人北向活动应当跨越了蒙古一线。有学者考证，商朝军队军旗服饰中有北漠甚至青藏高原的动物皮毛制品。在如此辽阔的地域内，以当时的生产力水平，单靠武力征服扩张，根本无法实现有效治理，唯一的可能就是输出文明，依靠"天下观"的理念和先进的典章制度，以及传授先进的生产生活技艺、经验，以文化成天下，奠定了华夏文明的九州物质基础，从而建立了中国历史上空前广阔的混合王朝，这一点已被越来越多的考古发现证明。

近代以来，有些学者认为"华夷之辨"是地域歧视，或是族群歧视。据梁启超考证，所谓"华夷之辨"的提法，是商朝以后，周人提出来的，华夷的区别不在地域，更不在族群，而是有没有文化，无论你住在哪儿，也无论你是哪个族群，只要有文化、懂礼仪，你就是"华"，反之则是"夷"。华夷并不是个人身份的标志，更不是一成不变的准则，今天你的行为学识可以称为"华"，明天你干了非礼不仁的事，你就没有资格再称为"华"。由此可见，华夷主要是指人的行为品德，而不是人群的划分。

从"以文化成天下"到"以天下为己任"，再到"立德，立功，立言"，作为士人的人生价值的追求，传统文化的价值观逐渐进入了一个风雅别致的意境。隋唐以后，科举盛行，士人从此担当起了政治和文化的双重责任，价值追求开始义利双收，其反面作用越来越大，内涵的真实价值也越来越少。

进入现代，西风东渐，受西方科技和市场经济的影响，从文化上看，东西差别越来越小，无论是知识结构、生活方式，还是服饰风俗、价值观念，东西渐有趋同之势，却也同样面临心灵真实性缺失的困境，财富不可能解决现代人所有精神上的问题，我们能从传统文化心灵构建中借鉴哪些有益的经验呢？

············

下山途中身后突然传来一阵悦耳动听的歌声，回头看见两位环卫女工每人背着两大包游客丢失的垃圾，迈着轻盈的大步，边唱边向山下走去，她们看上去年纪都不小了，头巾外飘逸着缕缕白发。这让一众失神落魄、身心疲惫、沉默寡言的游客神情一振。说实话，当时我才真正体会到，音乐是人类最伟大的发明之一，从某种意义上讲，人类生存生活的目的不就是欢快吗?! 有感于此，我也站起身，仰头试着吼了两声，见不少游客都用惊诧的神色看着我，顿觉脸色一红，不再放声歌唱了。

在山边一个休息处，我凑近问了问两位环卫工的情况。她们说，每天上午从景区入口一路上山捡拾垃圾，下午到山顶打包背下山，没有周日和节假日，每天工资一百元，每月三千元，冬天没活儿干，一年只能干半年多点儿。累不累呢? 她们笑着摇摇头，这点儿活儿唱着歌就干完了!

山高人为峰啊，她们每天上上下下的工作是大多数人无法完成的，更何况还要背负着游客有意无意丢弃的垃圾!

疲惫不堪之时，我突然想起，我曾看到的一张照片，照片上一位身材矮小的出川抗日的战士躺在路边，他一手拿着一个窝窝头，一手拿着军用水壶，头微微侧向一边，照片下注明这是位累死在途中的抗战川军。据我所知，川军一向以行军爬山吃苦耐劳而著称，而战士竟然累死在路上，他的经历现代人能想象吗?! 我转发了那张照片，并附上一句话:

朋友，无论你在哪里，无论你做什么行业，如果你身边有四川籍的同事或熟人，希望你千万珍惜与他们的缘分，因为他们的前辈为你们今天的生活流血牺牲过！

　　　　　　回望中原——一段捡读历史真相的心路

背负千古骂名的功臣

　　从香格里拉出发，便驶入 214 国道，路边便是块块累累的浓云包裹着的大山，偶尔能看到苍山的皱褶处有三五人家，沿着深深的谷底排列到目光能及的尽头，环绕着稀稀疏疏的山村人家，通常会有片片梯田，精致得如雕刻一般，风光的确如画，甚至比画还要灵动。不久，汽车便驶入峡谷，塌方和修路使得众多车辆挤成一团，走走停停……

　　…………

　　郭沫若为什么会再次转业弃文攻史，而且选择的是比较冷辟的甲骨文呢？

　　郭沫若再次来到日本，正赶上日本思想界理论界大张旗鼓地构筑"东洋文明"高潮之日，日本学界正式推出了万世一系的"天皇体系"和日本神族叙事，其根据是日本的《古事记》和《日本书纪》，《古事记》是稗田阿礼口述、太安万侣撰写，成书于公元 712 年 1 月 28 日，是专门讲述日本神武天皇到推古天皇建国神话的文学作品；而《日本书纪》成书时间更晚，大约于公元 720 年完成，与《古事记》同属天武天皇时期，是天武天皇为宣示皇统下令编写的，记述神代至持统天皇的历史，不好说明的是全书用的都是汉字，《古语拾遗》称该书"上古之世，未有文字，贵贱老少，口口相传，前言往行，存而不忘"。可见，在此之前日本的历史只是口耳传说。与《古事记》编撰的目的一样，写书的目的是要把神话传说与真正的历史糅合起来。

公元404年，朝鲜半岛百济国派阿直岐到日本教太子菟道稚郎子学习汉文；次年儒学博士王仁带《论语》十卷和《千字文》一卷到日本，开始了汉文在日本传播，在这个过程中又插入日语助词，采用假名表音系统，在发音训读、写法国训等方面，依据日本自己的需求，吸收改造了汉文，汉字的字理文化内涵幸存的不多，《日本书纪》便借中国典籍文字描述了日本上古的传说。

根据这两本书，日本当时的学者认定，日本最早的天皇是天照大神的孙子，天照大神就是天上的太阳，孙子叫天津彦彦火琼琼杵尊，受命下凡到日本统治尘世，是日本第一位天皇，号称"神武天皇"。"神武天皇"在位76年，享年137岁；此后又经历8代天皇，平均在位61年，平均寿命104岁，接着是仁德天皇，在位87年，享年143岁，这是最早的十位天皇。当然，古书对这十位天皇并不称"天皇"，也没有"天皇"一说，只有"大王"一称，直到第33代天皇推古才正式有了"天皇"的称谓，皇家谱系才把"大王"改称为"天皇"。接着又从推古到明治，"天皇"传122代，前后历时2500多年。

天皇序列编排完后，其余论述就容易多了，由于天皇是天照大神的子孙，日本一族自然就成了"神族"，日本国自然是"亚细亚神族"之国，是亚洲的"天然盟主"，理所当然地应承担起保护和解放"亚洲各国的责任"。

郭沫若来到日本，这套"东洋文明"的叙事已经构建完成，正向"大东亚共荣圈"理论扩展。按照郭沫若自己的说法，他是1924年开始系统地研究了马克思主义，接受了历史唯物主义和唯物辩证法，对日本这样侵略性的文化当然看不过去。1928年2月，郭沫若到日本，便在一家书店里买了罗振玉著、王国维序跋的《殷墟书契考释》，开始了对甲骨文的研究，先写了《甲骨文字研究》。1932年1月，又出版了《两周金文辞大系》；同年夏，郭想以"寄寓此邦之便"，查找流落到日本的殷墟出土甲骨刻辞，大约在东京帝国大学、上野博物馆、东洋文库等处，查阅访得研究了3000余枚流落到日本的甲骨片，并且在与董作宾的书信往来中，喜获了董摹录的殷墟陶文。

自安阳殷墟发现甲骨文后，曾吸引了大批国外历史、考古学者来华"淘宝"，在最初民间发现和发掘出的数万枚甲骨片中，就有3万枚流失海外，其中日本就占了近半，约1.5万枚，为郭沫若的研究提供了必要的条件。

郭沫若在日期间先后撰写了《卜辞通纂》《殷契粹编》等书，创造性地使用了断片缀合、残辞互足两种释读方法，进行索解和选释，无论对郭的研究有多少争论，其中主要观点和方法基本还是站得住脚的，可称为往圣继绝学的善举，开辟了甲骨文研究的新途径。郭沫若在改写中国历史的同时，也暗讽了日本学者创造的"天皇神族"和"东洋文明"的荒唐本质。

任何文明都是扎根不同的族群国家历史的叙事，历史证明，文明的传播本质上是学习或接受方的选择，中日两国对各自文明的叙事虽然发生的时代、环境、条件等方面有诸多不可比较性，仅就可比较的方面确有诸多不同：以甲骨文为代表的华夏文明是中华民族前辈面对人类的共同问题，通过认识世界和自己，实现超越自身，突破原有认知局限的原创文明；而日本无论是引进汉语、学习儒家文化，还是近代"脱亚入欧"，全盘西化，其实主要内容"复兴"的还是本民族的传统、历史叙事、理念诉求和价值观念，与华夏文明或古希腊文明等人类文明共同前辈创造的理念思想没有多少关系，它仅仅是日本根据自身需要创造的历史和"文明"。这种"文明"没有任何约束的内容，论述的起点和落脚点都是日本应有那些"自我权力"或"本自国家的权力"，其目的就是成为西方"禽兽世界的一员"，走进国家心灵的不是文明，而是军国野心，灵魂里根本容不下像甲骨文明开创的以讲天理道德为主要特征的自我约束理念和价值体系。尤其是日本近代学习西方，全盘西化，接受的基本上都是殖民主义那一套，大约到明治二十年（1887年），日本国家的自立意

　　　　回望中原——一段捡读历史真相的心路

识，便转化成为"向外"扩张的野心，脱离了向现代文明转型的轨道，借助西方文明中最糟糕的殖民理论，建立起一个急速膨胀的对外征服掠夺体系，日本走上帝国道路也是他们创造的所谓"东洋文明"发展的逻辑结果。

…………

汽车开上一个半坡的弯道，面对着高山夹持的一道深深的峡谷，峡谷的一侧点缀着几处白色的房屋，在阳光照耀下，格外醒目。众人来到观景台，一会儿不知从哪道山脊后绕出一缕白雾，悠闲地舒展开来，汇集起峡谷深处的片片白云，渐渐生成一条白色的"哈达"，从峡谷底部迎面飘来，奇伟得震撼心魄。望着那条升腾的"哈达"，我好像遇上了六世达赖喇嘛仓央嘉措那首著名绝笔诗里的一段话："佛曰，万法皆生，皆系缘分，偶然的相遇，蓦然的回首，注定彼此的一生，只为眼光交会的刹那，缘起即灭，缘生已空。"不知是自然的美，还是与古人心灵相通，让人生出全然不同的感悟，一种善良的愿望随着那"哈达"渐渐浮现，仿佛心灵接通了一个无限辽远的时空，古往今来远方人们虽然生活在同一个地球上，却带来了不同的境遇和悲欢，不同的感悟和追求，不仅有从前，也有未来，远方本身就是一种对无限的探索力量，这应该就是古人追求的"天道"。

我看了一下录像，那条"哈达"从生成到飘过山顶，消失得无影无踪，刚好二十分钟。

…………

"你扯得太远了吧!"

我慌忙整理一下思路，琢磨着能否从郭沫若到安阳考察殷墟开始，谁知刚说了几句又被对方打断。

"怎么又扯到……今天就讨论剧本，讨论大家对剧本的不同看法。"

我再次压缩了解释的内容，打算仅就剧本中每个演出场景的依据做些介绍："让文物说话，让国宝讲故事，我说的是讲清什么是中华文明这样大的叙事，真正能承担这项任务的国宝不多，甲骨文应是最具分量的一个，为什么？这要从历史对商朝最后的商王帝辛的评价和甲骨文真实的记载说起……"

"还是讲讲这个本子吧，这么多专家，时间不可能交给你个人。"

"这个本子是上次演出的本子，我要讲的是对这个本子的修改建议，是在上次演出后综合大家意见基础的修改建议……"

"论证会主要是听取专家意见的，还是让专家先说吧。"

我知道剧本论证又回到了原点，忍不住提出是否可以先统一下讨论的规则，毕竟涉及中国历史上最重要人物之一的评价，从历史唯物主义观点看，对一个朝代代表人物的评价是一个严肃的问题，毕竟这些人物是一个时期的制度、文化、宗教、信仰、价值理念，并且对整个时代有着举足轻重的影响。同时作为公开演出的剧目，作品就是一种社会存在，真实的历史人物对社会有着非同一般的意义。

然而现实生活中，大多数人其实不大会有历史人物评价判断能力，许多人对真实历史的了解不会太多，即便是科班出身也只是了解个概貌，尤其史料选择常常先入为主，以讹传讹，对什么问题用什么方法更不感兴趣，争论在多数情况下只能陷入双方的情绪宣泄。

从学术角度看，对历史上的事件、人物的评价，一般要经过四个环节：第一，对事实的确认；第二，对确定事实和人物的理解；第三，对历史规律的探讨；第四，对事件和人物历史作用的评价。

而现实中许多人无论对事实还是对人物都不会有太多兴趣，受历史文献影响，以成败论英雄，容易感情用事，缺少客观的依据意识，讨论往往直接进入第四个环节，好事坏事黑脸白脸，不管三七二十一，凭一知半解的印象张口就来，坏人一无是处，好人绝无半点缺陷，并且方法论上也多是以情感人，或是用比喻的方式，很少能见到逻辑推理的讨论。更有甚者便是嘴大真理多，不是看文章的论点论据，而是此话是谁说的，也不论专家名人的话与需要探讨的问题有没有关系，以职务职称大小高低只管拿出来做论据，这样讨论的结果能有多少价值？！

当前，西方运用得比较多的是马克斯·韦伯的方法，他认为现实生活中，包括专家都不免会陷入人格分裂的状态，人们的行为可以分为信仰伦理和责任伦理两种准则模式，这两种伦理虽然各有利弊，但是是完全对立的。信仰伦理一般说起于自己的理想和信念，行为动机决定价值；而责任伦理则着眼于行为后果带来的利弊，更看重结果。

"……这个提法是否妥当呢？根据《竹书纪年》……"

"……商纣王的'炮烙之刑'还是有的……"

殷墟考古发现"炮烙"的实物了吗？我望了望对面那位十分年轻英俊的专家，深为那坚定的口吻吃了一惊。

甲骨文里有"炮烙"一词吗？

商朝祭祀占卜、典章制度、刑律条款里有"炮烙"之法吗？

历史文献中"炮烙之刑"从什么时间开始的呢？

…………

我匆忙记下这些疑问，再看看会场的气氛，顿时发现，不会再有任何发言的机会了。

其实对这个问题中国社会科学院历史研究所历史学家顾颉刚曾经专门进行过研究和统计，写了《纣恶七十事的发生次第》一文，根据他的研究，传说中商王帝辛多达70项罪名是"层累积叠"堆出来的，诸如"穷兵黩武""酒池肉林""炮烙之刑""残义损善""千古暴君"等等，周人说了6项，战国增加了27项，西汉增加了23项，东汉增加1项，东晋增加13项，一共70项，也可以说是70个"罪名"。这些罪名多是历朝历代官吏士人为证明自己的"天命正宗"或"道义担当"，强加到商王帝辛头上。以"炮烙之刑"为例，最早提出"炮烙"一词的是战国末期的韩非子,《韩非子·喻老》有"纣为肉圃,设炮烙,登糟丘,临酒池"的话,当然,事后研究者发现《荀子》《吕氏春秋》《淮南子》等历史文献中也有商王帝辛时曾存有炮烙之刑的记载,只是说法不同而已,到了《史记·殷本纪》,商王帝辛设置炮烙酷刑已成定论,并且为了美化周朝,还专门记有该酷刑在姬昌的建议下废除停用等等。而此时距离商朝已经过去了近一千年时间。

　　…………

　　汽车途经金沙江大拐弯,来到一处宽宽的观景台,恰好面对着大江"U"形的远景。

　　金沙江为长江上游,江水缓慢舒展绕着日锥峰勾勒出一个"U"形的曲线,从远方来,又奔向远方,只在群山之间冲出深2000~3000米的峡谷,给人无尽的遐想和震撼。

　　其实自然界和人生一样不可能有笔直的东西,康德有句名言:"人性这根曲木,决然造不出任何笔直的东西。"这就是哲学史上曲木求直的悖论。曲折是人性决定的,也是人生的本质,如同峡谷深处的江水,它不一定清楚自己奋力向前只是一个又一个的弯路,生活的艰辛,传统的观点,如同两岸耸立的高山,无论你如何挣扎,它都会把你纳入现实的河谷。也许你不情愿走寻常的路,希望能展翅高飞,即便如此,你也只能用心灵去寻找滔滔江水奔腾的方向,不过,不要沮丧,生命也许天生就有从峡谷深处攀登高山的勇气,哪怕出发前就知道改变不了多少东西，然而你依旧整装出发了，正如鲁迅所说："上人生的旅路罢。前途很远，也很暗。然而不要怕，不怕的人的面前才有路。"

…………

1959 年 6 月，郭沫若考察安阳殷墟，据当时负责接待工作人员、随行摄影记者发文回忆，郭沫若在安阳一连几天都兴致很高，听取了社科院安阳考古工作站的汇报，还冒雨考察了殷墟的宫殿区、手工作坊区、平民居住区、奴隶居住区、王陵区和一般墓葬区等，白天考察晚上研究考古发掘资料，先后写下以下诗句：

观圆形殉葬坑

洹水安阳名不虚，三千年前是帝都。
雨中踏寻王裕口，殉葬惊看有众奴。

殉者为男均少壮，少者年仅十三余。
全躯二十髑髅五，纵横狼藉如羊猪。

此当尚在殷辛前，观此胜于读古书。
勿谓殷辛太暴虐，奴隶解放实前驱。

郭沫若并没有把商朝看作一成不变的文明，承认"殉葬惊看有众奴"，同时也认定"此当尚在殷辛前"，也就是说杀俘殉葬这种情况是在商王帝辛之前，与商王帝辛没关系。同时他肯定了商王帝辛是解放奴隶的前驱，历史文献把帝辛描绘成一个暴君是以讹传讹，考古发掘是第一手资料，能够更真实地揭示历史的真实面目，所以"观此胜于读古书"。

访安阳殷墟

偶来洹水忆殷辛，统一神州肇此人。

百克东夷身致殒，千秋公案与谁论？

这首诗被当时史学界称为商王帝辛的翻案诗，认为历史上把帝辛描述成暴君是桩千秋公案，与谁论呢？当然不是与古人论，不是与韩非子、荀子、司马迁以及《封神榜》的作者许仲琳等人讨论，因为这些人都属旧史学圈里人，恐怕没有谁见过甲骨文，他们笔下的商王帝辛不是历史人物，而是作者人性阴暗部分的投影，没有多少真实性可言，这个投影很长，一直延伸至今，郭沫若要与之争论的正是这个虚无的存在。

1977年4月，赵朴初访安阳，在殷墟看到郭沫若这首诗后，写了首《访安阳殷墟见郭沫若同志题诗有作》：

郭公翻案话殷辛，不说盘庚与武丁。

何事迁殷复祖亳，待凭文物重研寻。

细读后，意涵深长，"不说盘庚与武丁"，是用现代文明标准衡量，联想到"殉葬惊看有众奴"这句话特别让人回味，历史无法重演，历史真相却能"待凭文物重研寻"，翻开真实的一页，诚如郭沫若自己所说："殷墟的发现，是新史学的开端。"

　　这首诗很长，下面的诗句着重说明为商王帝辛翻案正名的理由。郭沫若把商王帝辛作为甲骨文明的代表，放在了整个中华民族生根壮大的大历史背景去思考衡量。

> 亘历西周四百载，南北并进殊其途。
> 然而文化本同源，同伦同轨复同书。

> 再历春秋迄战国，秦楚争霸力相如。
> 楚人腐化秦奋励，始成一统之版图。

> 秦始皇帝收其功，其功宏伟古无侔。
> 但如溯流探其源，实由殷辛开其初。

　　郭沫若认为，中国历史最大的贡献就是一统华夏，大一统是中华民族最核心的价值，正是有了这一理念，才使中国能在轴心时代就成为文明共同体。但华夏一统是有条件前提的，是建立在甲骨文明化成天下基础上的，"同伦同轨复同书"，是华夏文明共同体的基石。

殷辛之功迈周武，殷辛之罪有莫须。

殷辛之名当恢复，殷辛之冤当解除。

商朝帝辛是最早奠定大一统理念的人，所以他的功绩远
远超过周朝的礼仁政教，那么郭沫若的根据是什么呢？

方今人民已作主，权衡公正无偏诬。

谁如有功于民族，推翻旧案莫踟蹰。

可见人民当家作主的时代，不可能再延续封建社会后代
否定前朝，以证明自己"天命所归"的封建老办法了，古人
的那个办法只是一家一姓的利益所在，而在人民当家作主的
今天，就必须以国家民族的长远利益或是根本利益作为衡量
评价历史和人物的标准，实事求是地再现那段"大道之变"
的历史，正确真实地看待历史舞台上的人物演出，用现代文
明标准评判他的功过是非，这是继续传承华夏文明的必然
要求。

那么，商王帝辛究竟做了哪些事，从而背负着千年的骂
名呢？

…………

汽车开进德钦不久，便可望见远处的白马雪山，临近垭
口时，恰好遇到团团温暖白雾，横亘在山边，慢慢驶近后，

见四周浩浩荡荡飘逸着的白云从汽车两旁匆匆而过，似乎路面也摇摇晃晃，路边偶尔会露出深不见底的峡谷，惊心炫目，原来壮丽的白马雪山也变成了流变的云雾，模糊掉了悬崖和深渊，现实好像随着气流渐渐远去，到处充满了坠入深渊的诱惑。我不得不把思绪拉到眼前，紧紧盯着前车的尾灯，仍然感到一种不确定性，时时可死，步步求生，人越是危险思维越要飘向不知名的远方，我想，人生和时局也是同样，总有无法看清楚的时候，无论你有过多少梦想，未来永远在你想象之外……

车过垭口，阳光再次如影相随，我长长地出了一口气。

"以水代兵"错在了哪儿

　　早上从德钦出发，沿 214 国道，也就是滇藏线向西，翻过一座高山后，便下坡进入峡谷弯道，一边牵挽着澜沧江，一边沿着大山伟岸的坡势蜿蜒而行，一路迷茫空蒙，时而阳光，时而朝雾，再加上不时遇到塌方堵车，只能走走停停。

　　杜甫曾有诗描述过这种空旷的景色："霜露晚凄凄，高天逐望低。远烟盐井上，斜景雪峰西。"他避祸西南后，诗篇大多晚凉悲凄，但悲而不伤，凄而不惨，隐约透出一种悲壮的美或是大气沉雄的意境。我想，不经那段沉浮苦闷，不历那场战乱岁月，他肯定写不出如此苍茫博大的诗篇。

　　有杜甫真好，不知不觉间你便能从万古不废的江河、涛声中听到沉郁顿挫的诗章。

　　澜沧江江面不宽，却水流湍急，江水赤黄，在坚毅的大山之间奔腾而下。据说发源于唐古拉山东北，流经西藏云南后，入缅甸，改称湄公河，经老挝、泰国、柬埔寨，过越南入南海。

　　澜沧江在我们国内这一段，大概是最像黄河的颜色和性情，一点儿没有南方春水浩渺的模样，都是一幅颠沛流离枯槁悲凉的景象。

…………

我沿着黄河寻找抗战遗迹，时常会陷入沉思，有时久久地望着那辽阔的河道，怎么也猜不出黄河的灵性究竟是哪儿来的。

1938 年春，日军占领南京、济南后，日本军部大本营制定了由华中、华北派遣军从南北两路打通津浦线，会师徐州，然后沿陇海铁路进取郑州，进而攻占武汉的战略。3 月下旬，中国第五战区部队分别在南边淮河一线和北边山东临沂、滕县顶住了日军的攻势，引诱日军第十师团濑谷支队孤军深入台儿庄，被我五战区部队包围。4 月 3 日，五战区部队向陷入包围圈的日军发起反攻，激战 4 天歼敌万余，取得了抗战爆发以来正面战场的最大一次胜利。可是蒋介石和军委会的大员却错误判断了形势，加紧向徐州一带增兵 20 余万，总兵力计 50 个师 60 万，打算比葫芦画瓢，再来一次"聚歼日军"模式，中国当时大部分机动部队都摆到了徐州一线。没想到的是，从 5 月 5 日开始，日军从南北两个方向快速向徐州西侧迂回包抄；南路日军进攻江苏萧县，北面日军向江苏丰县、砀山推进；5 月 11 日，日军第十四师团从濮县强渡黄河，攻入豫东；台儿庄一线的日军主力第十师团则从夏镇渡过微山湖，进攻江苏沛县；一张围歼徐州中国部队的大网逐渐清晰，情急之下蒋介石只得下令放弃徐州，火速突围。

为了策应徐州突围的部队，堵住日军第十四师团，蒋介石又急忙从各战区抽调12个师12万人成立了"豫东兵团"，由第一战区第一兵团司令薛岳任前敌指挥，指望着对孤军深入的日军第十四师团进行围歼，接应从徐州突围的部队。

土肥原贤二的日军第十四师团属于日军序列的甲级师团，一个师团3万多人，辖4个步兵联队、4个炮兵联队、1个骑兵联队，有坦克、装甲车、重炮牵引车300多辆，是日军典型机械化师团，再加上空军的协同作战，整体战斗力十分强悍。反观国军，不仅装备远远落后于日军，即便装备有少量的重武器，但由于部队是从全国各地紧急抽调来的，又受运输等条件限制，许多骡马重炮、战防炮等装备都留在了各地的车站站台上，虽然我军人数数倍于敌，也只能将日军压制包围在开封至兰封方圆百十公里范围内，无法将其击溃聚歼。

5月23日，日军占领兰封，切断了陇海线，并且从黄河对岸日军那里得到了弹药粮食接济，虽然中国军队前赴后继，相缠苦战，收复了兰封等处，把日军挤压在三义寨等几个村庄里，但始终未能突破日军由坦克、装甲车围成的野战堡垒。

5月28日，从徐州一路向西追击突围中国军队的日军占领商丘，致使河南门户洞开，日军第十、第十六两个师团齐头并进向西杀来，身后还有4个师团、8万余人杀气腾腾地跟了进来，加上日军第十四师团，仅坦克就有千余辆，局势急转直下。薛岳指挥的豫东兵团眼睁睁地看着"煮熟的鸭子"又飞了，只得放弃围歼日军第十四师团的计划，开始西撤，而此时，从徐州突围的我军正满山遍野地拥向郑州，大道小路挤满了西撤的部队，多集中在平汉线以东，有人把当时的状况比作英法联军的"敦刻尔克"困境，相比之下此时中国军队的处境比英法联军要险恶得多，人的脚底板无论如何也跑不过汽车轮子，如果日军占领郑州，合围了中国军队，实现南下武汉的战略目标，整个抗战局势不堪设想。

怎么拯救这些疲惫的部队呢？

…………

滇藏线大多数路程都在峡谷深处，铁锈色的高山只是偶然点缀几点无精打采的荒草，大部分地方寸草不生，寂寞而又苍凉，偶尔会在峡谷凹陷处生出一片绿色，隐隐约约会有几户人家，间或会有一条蜿蜒曲折的小路通向河边山下，那意境望一眼就会肃然起敬，从心里生出一分敬意，钦佩人类的生存能力。你很难想象那山的雄阔，你也很难用适当的词汇描述几点绿色围绕的山村，她那模样能如锤击一般震撼你的心灵，都说"条条大路通罗马"，可现实中有人生来在罗马城，有人则生在一生恐怕都走不到罗马的深山里，人生的起点真的不同。

人们对幸福有着不同的理解和定义，大致划出了个范围，诸如适当的财富、和谐的人际关系、有信仰或是寻找心灵的美和远方、能够给身后留下点精神或物质遗产等等，这仅仅限于个人的努力，社会应该给每一个人寻找幸福的条件和机会，至少应当让他们来到"通往罗马的大路边"，他们或许不向往罗马城，但不妨碍去寻找心灵的美和远方，甚或他们就在"美和远方"的地方，生命无论在哪儿，总能找到适合自己的幸福。

…………

1938 年 6 月 1 日，蒋介石在武汉召开国民政府最高军事会议，经与会人员讨论，确定了为策动豫东中国军队向豫西山区转移，决口黄河、阻敌西进的战略规划，同时确定为保密不组织相关地区居民大规模撤离的方针，并于当日下达了决堤黄河、陆沉倭寇的命令。

其实，以水代兵、决口黄河阻敌的主意，最早出自德国驻华军事顾问团最后一位团长亚历山大·冯·法肯豪森陆军上将，此人出身军事贵族家庭，清朝末年参加过八国联军的侵华战争，却喜欢上了中国文化，回国后又入德国参谋大学和柏林东方学院学习，出任过德国驻日本大使馆武官，对中日两国历史文化都很了解，尤其是对两国军队状况十分清楚，他料定中日之间必有一战。1935 年，他出任德国驻华军事顾问团团长，8 月 20 日便提交了一份《关于应付时局对策之建议书》，展现了其作为军事家的远见卓识，许多建议以后都成为中国的战略方针，如抗战必须首先解决中国内部的团结和统一意志问题，要有寸土不让的决心；应把长江一线作为抗战的主战场；在四川建立抗日根据地；中国军队建设在工业能力、财力有限的情况下，应以"轻装快速部队"为建军整训的目标，完善了"轻步兵"的概念等，其中就有华北战场中国军队的"最后战线为黄河，宜做有计划之人工泛滥，增厚其防御力"这么一条。台儿庄会战后，深知日军本性的法肯豪森准确地预料到日军肯定会疯狂反扑，卷土重来，建议要么快速进攻，要么抓紧撤离。可惜无论是白崇禧还是蒋介石，对进攻和撤退都不感兴趣，一味地幻想着再来一次"大胜"，采取"守株待兔"的战略，一手"好牌"打成烂局。美国女作家巴巴拉·塔奇曼曾这样描述道："德国首席军事顾问法肯豪森将军因中国军队没按他的计划行动，气得狠命地揪自己的头发。"

台儿庄会战结束后，陈立夫于 4 月 13 日也向蒋介石提交一份建议，其中谈到"恐敌以决堤制我"，不如我"以水反攻制敌"，蒋介石阅后批给第一战区司令长官程潜"核办"，批件上仅在"随时可以决口反攻"这句话下面画条线，接着又把横线画掉了，看来并没有把此事当回事。不过该报告准确地提出了在"花园口决堤"的具体位置，清末黄河曾在这里决口三次，河堤较薄，便于施工，又可以达到水攻的目的，解决黄河南岸千余里不易守的难题。

其他如白崇禧、冯玉祥和国民政府军委会办公厅副主任姚琮等人也先后提出过类似的建议。值得注意的是，豫西师管区司令部的刘仲元、谢承杰联名致电蒋介石痛陈决口黄河势在必行，明知牺牲惨重，也要破釜沉舟，陆沉倭寇。一战区实际已悄悄着手准备，形成了战区参谋部的"G任务"方案，6月1日上午最高军事会议上讨论的就是这个方案，附加上督促第一、第五战区部队加快向豫西撤退这么一项。

以水代兵、决口阻敌的方案从酝酿到最终命令下达，其间多次征求黄委会的意见，均遭到黄委会的质疑拒绝，理由是此时并非汛期，决堤后水量小恐怕达不到代兵的目的，反而让泛区百姓白白遭受损失。

6月1日，决口开挖作业也证明黄委会的反对意见不无道理。

河防部队先是在武陟县向黄河抛枝引流，因流量少，未成；接着又在赵口开挖，同样因流量过少，也放弃了。

6月6日，中国军队撤离开封，日军则穿城而过继续向西追击。

第三次决口选在花园口，据决口日志记载：6月9日凌晨，国军新八师决开花园口大堤，决口4米宽，因水量偏少只能缓缓流出，至下午3点，水流缓慢仍未冲开决口，新八师再次用战防炮平射决口面大堤，炸开7米多宽，效果仍然不彰。

6月10日，黄河灵性大发，花园口上游暴雨倾盆，竟日不停，满河洪水裂堤而下，约2米高的水头扑向千里平川……

此时，日军机械化主力部队已攻下中牟，先头部队骑马第四联队已经赶到京汉铁路……

　　黄河决口后，花园口出水主流经贾鲁河、颍河入淮河，赵口出水部分沿涡河入淮河，黄淮合流又涌入洪泽湖，形成一个400公里长、10公里至50公里宽的黄泛区，受灾面积和人口说法不一。当时的国民政府成立了一个救灾委员会，据该会统计，灾区面积涉及豫、皖、苏三省44个县，2.9万平方千米；受灾人口1200多万，其中390万人流离失所；死亡人口30万~89万不等；日军方面，有4个师团已经进入黄泛区，具体损失至今没有一个诚实的说法，不过有一点可以肯定，那就是日军被迫放弃了沿陇海线向西至京汉线合围我军，并调头向南攻击武汉的战略，为武汉保卫战争取了40天的宝贵时间，使得武汉地区的工厂和设备转移到了西南。

　　黄河决口后，国民政府声称：花园口决堤是日军飞机轰炸造成的，那两天日军确实轰炸了黄河大堤上的中国军队；而日本人则一口咬定是中国军队自己炸开的。

　　黄河决口的是非得失，始终是抗战史上争论的焦点之一，军事战略，经济民生，历史道义，站在不同的角度就会有不同的评价。应该说在当时敌强我弱的情况下，以水代兵的思路并没有错，错就错在"歪嘴和尚"把经念跑调了。

　　从1935年法肯豪森提出"人工泛滥"黄河的防御对策后，国民党的许多大员也先后多次提出建议，尤其是作战一线的军事指挥人员力主此事，且在参谋部多次酝酿制定了具体方案的情况下，最高决策层理应事先做好准备，尤其是应对洪水可能流经区域的群众提前安排好撤离准备，尽最大努力减少我方损失。遗憾的是，蒋介石及最高军事委员会先是错判时局，将主力部队摆上了徐州一线，察觉日军战略图谋后，又慌不择路，让突围部队沿陇海线西撤；日军第十四师团出其不意地切断了陇海线，使得中国军队只能徒步赶路时，这才想起来"以水代兵"，决口阻敌，延误了太多的宝贵时间；更让人痛心的是6月1日最高军事委员会制定了保密并且不进行大规模撤离群众的方针，致使我方遭受了不应有的惨痛牺牲。

其实，战争期间动员百姓撤离是很正常的事，与保密不保密扯不上一点儿关系，日军就是知道我方有一个决堤方案，也不会相信在这"麦收季节"会有连天的暴雨，为了这场战争日军早已把中国的地形道路、水文气象、政治经济、工业军事能力以及内部各种势力的相互关系研究得十分透彻，制定了多种应对方案；再说以水代兵、决口黄河是个酝酿多年的半公开方案，战区已经多次实地察看过地形，从6月1日决堤命令下达后，从武陟、赵口，再到花园口，三次实施决口作业，还动员周围民工1000多人上堤协助部队开挖，夜以继日，灯火通明，根本就是无密可保，直到6月9日决开河堤，这中间至少有七八天时间可以撤离群众和财产，只可惜这些在蒋某人眼里根本就是视而不见的事。

蒋介石早年曾进保定陆军速成学堂学习，并由该校保送日本士官学校预科留学，后在高田炮兵第十三联队当过士官候补生，以这些从军的经历如果任个营长、连长不会有太多知识障碍，从性格上讲蒋也是爱虚荣、好面子、眼光浅、重小利式的人物，体现在军事生涯方面，往往是重仪表、喜吹捧，尤其擅长自吹自擂，为此还专门成立个"蓝衣社"，宣传"一个国家、一个领袖、一个主义"等一套独裁理论。下部队视察，蒋多数情况下只看厕所伙房、内务卫生、军容仪表之类的细枝末节的表面现象，关心的是军乐队奏什么曲子、官兵是否仪表堂堂，很少去看部队的作战技能训练，谈论战略战术更是少而又少，就连国民党军队的上层也都私下认同蒋最多是个团长的料。周总理曾评价过蒋介石的军事才能，说作为一个战术家，他是一个拙劣的外行。战略则就更挨不上了。在此之前的国内战争中，蒋介石率兵打仗主要靠"银弹"，贿赂收买对手上层人物，封官许愿策反对方。这些缺陷如果仅表现在蒋一个人身上的话还相对便于约束，不至于成为大的祸害，可蒋又握有用人大权，喜欢用类似自己模样的人，也就是"驴粪蛋表面光"式的人物，这样的人被成群结队地提拔到军队带兵决策关键岗位担任要职，带来的危害可想而知。更可悲的是，蒋介石还有个出风头的喜好，指挥打仗常常"一竿子插到底"，越几级指挥师团行动，搞得上下左右都无所适从，国民党军队内流传一句顺口溜"打仗啥人都不怕，就怕委座打电话"。尤其是对日作战意志不坚，对整个抗战影响很大。1931 年 8 月 24 日，东北军侦得日本人即将发动全面侵华战争的情报后，张学良心急燎地电询蒋如何处理，蒋竟亲批"留中不发"。

撤离民众工作并非所有地方都严格执行了最高军委会的决定，郑县，现在郑州所在地，除了动员民工上堤协助新八师实施决口作业外，还大范围动员民众撤离，向西转移，每人发 5~10 块不等的银圆，其他沿贾鲁河、颍河两岸也有地方政府组织动员民众撤离转移的记录，具体范围和人数记载得不是很清楚。

《河南省黄泛区灾况纪实》描绘了这样一副灾后情景：泛区居民因事前毫无闻知，猝不及备，堤防骤溃，洪流踵至……财物田庐，悉付流水。当时澎湃动地，呼号震天，其悲骇惨痛之状，实有未忍溯想。间多攀树登屋，浮木乘舟，以侥幸不死，因而仅保余生，大都缺衣乏食，魄荡魂惊，其辗转外徙者，又以饥馁煎迫，疾疠侵夺，往往横尸道路，填委沟壑，为数不知凡几，幸而勉能逃出，得达彼岸，亦皆九死一生。艰辛备历，不为溺鬼，尽成流民，……因之卖儿鬻女，率缠号哭，难舍难分，更是司空见惯，而人市之价日跌，求售之数愈伙，于是寂寥泛区，荒凉惨苦，几疑非复人寰矣！

这个纪实源自 1943 年 2 月的一篇报道，描述的惨状应该说有一定的真实性，对理解黄河决口后的情境有参考意义，但作为史料或论据则缺少真实的价值，文学情感色彩太重，许多人把它视作河南省民国政府的纪实文档加以引用，不难看出其中缺少必要的公文文档的要素，也始终没有交代该文档的出处。

黄河决口，中日双方相互指责为对方责任时，出现了一个意想不到的结果，据1938年8月15日《申报》（香港版）报道：由于河南自古民风强悍，人民体魄强壮，且能吃苦耐劳，一向受到征兵部队的欢迎，河南省壮丁的征调除了国家依法征调的外，各部队还自行派人征募，截止到上月底（1938年7月）据统计至少征调了40万人。

…………

汽车在弯曲颠簸的山道上跑了8个小时，到达西藏第一个县城——芒康。芒康县是进藏的交通要道，214国道和318国道交会于此。"芒康"藏语表示善妙之地，县域平均海拔4300米，区域内横断山脉由北向南贯穿全境，澜沧江、金沙江并流而过，山水相间，物产丰盈。芒康县城不大，街道整洁、壮美，比内地一般县城还要绚丽，人们熙来攘往，繁华热闹，唯一不够雅致的是，偶尔会遇上一二头牦牛大大方方、悠闲自得地在大街上溜达，还不时地啃食一番街旁绿化的花草，高兴时还不忘给周围施一施肥料，至于堵塞一下交通更是司空见惯的事，你不能不服，这儿的牛那真"牛"！牦牛是人们生产和交通运输的助手，是生活的部分，人们认为牦牛不仅有灵性，牛角、头骨还被人们作为灵物供奉，尤其是白牦牛曾被先人视为圣洁吉祥安康的象征，青甘一带藏区还流传"什巴达义"（创世歌），大意是，什巴先取了牦牛头放在高处，于是有了高山，又铺下牛皮，有了大地，再取得牛尾放在山间，有了森林，牦牛创造了高原自然的繁茂万物，可见其在当地群众心目中的位置有多崇高。

芒康县城海拔 3800 多米，虽然我们一路翻过多处海拔4000 以上的高山，但真正来到西藏还是有些不适……

近代日本侵华应从什么时间算起

昨晚夜半，下楼拿氧气瓶，出大堂见半轮残月挂在当空，亮得晃眼，满天星斗连着天边，几朵闲云静静掠过，飘向不远处延绵着的高山，如同一幅深蓝浓重的油画，把高原的夜色装饰成了仙境一般，真的很美，整个县城似乎都已酣睡，四周一片甜甜的静谧。我愣怔片刻，才想起此时并非梦中幻觉，慌忙取完东西，刚一转身，猛然见一浑身是毛的庞然大物忽地站了起来，心想：此命休矣！定神细看竟是一头牦牛！它瞪大眼睛猜测着我的意图，我急忙小声解释道："抱歉，抱歉！打扰，打扰！"并做了个表示歉意的手势，踮起脚小心翼翼地回到房间，摸摸头上出了不少冷汗，躺下后心怦怦怦地跳不止，许久无法入睡。

…………

1936 年 12 月，民国政府人口普查，河南省人口34439947人；1946 年 7 月，河南省人口 18220808 人。抗战期间人口减少 16219139 人，如果加上人口自然增长的因素，河南省人口数实际减少 50% 以上。

"二战"期间河南战场虽然仅是整个反法西斯战争的一部分，但却是一段有典型意义的历史，应当把它放到人类文明史的高度去加以分析和理解，才能找回先辈们前赴后继、流血牺牲的真正意义和价值。

　　那么造成这场空前浩劫的历史根源究竟应该从哪里算起呢？也就是人们常说的什么地方的一只蝴蝶，在什么环境条件下，煽动起了如此大的风暴，造成了如此深重的灾难？

　　近代日本什么时间发动了对华战争？国内学术界大致有三个观点：第一，应该从"九一八"算起，这是当前的主流认识；第二，应从"卢沟桥抗战"算起，这是过去的主流观点；第三，应从日本明治维新，确立所谓的"大陆政策"算起。

　　我赞同第三种观点，东西方历史传统不一样，西方重视契约作用，战、和都以文告形式，战有战书，和有条约；而东方看重的是战争发动的逻辑进程有始有终，发动战争主要源于一种思想，开始是否宣战并不重要，日本近代发动战争从来不宣战，只搞偷袭，思想是酝酿发动战争的动因根据；结束战争就是打消再战的念头，有没有和约也不是结束战争的标志，撤军、终战只是一个阶段的暂停；有学者认为，二战还未真正结束。所以，追溯战争根源就离不开对引发战争思想源泉的追问，找到它的逻辑起点，从导致这些战争思想的内在矛盾入手，才能看清它的缺陷和谬误，认识这场战争的本质，才能估量出河南省短短几年时间人口丧失 16219139

人历史代价的分量，为他们寻找历史的公平公正，吸取这一教训。

现存于辽宁省集安市区通沟的《好大王碑》记有：公元391年，日本人渡海侵入朝鲜半岛，先后击败百济、加罗、新罗，被高句丽好大王（又称广开土大王）率军击败。这可以说是日本历史的尽头。当时日本没有文字，朝鲜有文字，这是有文字记载的日本与东亚各国最早的战争记录。

从这场战争开始，至今日本与中朝之间一共进行了5次战争，包括：公元663年，日本大化革新后，对新罗、唐朝的战争；公元1274年，元朝向日本索贡，遭拒绝后，元朝发动的两次渡海作战；公元1592年、1597年，丰臣秀吉统一日本后，两次发动的侵朝战争；再就是近代，日本明治维新后，1874年入侵台湾，1879年吞并琉球，1894年挑起甲午中日战争，1900年参加八国联军侵华战争，1904年在中国发动日俄战争，1910年吞并朝鲜，1931年发动对华侵略战争。近代的这些战争是在一种思想、一个动因推动下发动的战争，从概念上合并为一场战争较为合理，从这一点上讲，日本近代侵华战争应当从日本明治维新算起，是同一个国家战略和国家意志导致的同一场战争的不同阶段，是一个完整的历史逻辑过程，至于说日本学者把这些战争分为"日清战争""朝鲜战争""日俄战争""太平洋战争"等不同称呼，纯粹是为了掩盖他们明治维新独创的世界观、价值观和军国主义思想，掩盖明治维新以来形成的对外征服掠夺的体制和罪恶。

遗憾的是，不仅现代日本人，还有不少中国人至今还认为明治维新是日本现代化的开端，是一场革命。它革了谁的命呢？

....

从芒康出发，一连翻过两个 5000 米的山口，路上车少人稀，却不得不放慢车速，主要是这一段路十分难走，坑坑洼洼，尘土飞扬，不少地方甚至分不清是路还是山，沿途多是苍劲的高原峡谷，几乎看不到绿色，无垠的铁色大地连接着尽头的蓝天，凋敝在烈日下。说也奇怪，此时山高天落，连一丝云影都没有，天空蓝得如同涂了重彩，让人眩目，大地升腾着一片摇摇晃晃的光影，给人一种天地颠倒的错觉。这一路很难见到人烟，只有无尽荒原，偶尔路边会摆上一辆汽车的残破"骷髅"，是提醒过往司机认真驾驶的警示标志。

岁月和高原的路一样，大概只有经历过贫瘠和坎坷，才会品尝出历史的生动。

....

中国、日本不少学者都认为日本早年引进汉字、政治制度、教育制度、佛教等，学习了青铜、冶铁、建筑、纺织、印刷术等先进技术，应当属于东亚儒教文明圈。这个观点忽视了文明传播的一个重要规则，那就是外来文明必须符合接受方的实际情况，接受方往往根据自己的环境条件需求有选择地接受外来文明，这一点福泽谕吉在《脱亚论》里讲得清楚，"虽同师所授，所得不同"。中国作家周作人总结了几个方面："日本文化古来又取资中土，然后其结果乃或同或异，唐时不取太监，宋时不取缠足，明时不取八股，清时不取鸦片。"当然，周作人的身份比较敏感，说这种恭维话，尽管全是实情，也只能说说对了一半。日本没有引进中国"天"的概念，由"天"引申的"天意""天理""天道"等等，日本都不感兴趣，日本人信仰的是各地的神道教；政治伦理方面，中国实行郡县制，科举选才，价值追求是天下一统，儒权八德，诚意正心，修身齐家治国平天下，日本则是藩国—大名—武士的分封世袭制；其他如社会结构、经济状况等中日之间也都有很多不同。

儒家学说除了作为封建社会王朝维护统治的理论基础外，还有一个重要作用，就是作为个人修养，有约束本我和自我的道德作用。中国通过科举培育了一个"士"阶层，对广大百姓有教育进士的引导作用，即便是没有进"士"，同样可以转变身份，通过塾书，发挥传播和教化作用，这是中国封建社会文治的基础；而日本没有科举，藩主、大名、武士都是世袭，儒学没有传播普及的基础，只是在少数上层人士间扭曲流行，整体上称不上儒教国家。德川幕府时期，儒学在日本的影响达到了空前的程度，但也仅仅是在参赞策划幕府大政方针时起到一定作用，诸如提倡忠孝王道、节俭仁恕、奖励文教、教化民众、重视伦理道德、祭礼敬佛等，形成了幕府政府把国泰民安、道德秩序、和平安定作为礼教政治的目标，大致维持了 260 年与周边国家相安无事的局面。

同时还应当看到，中国儒教制度化，以吏为师，使儒教成了实际的治理手段，尽管历朝历代都根据自身面对的问题，对儒家学说重新进行过解说和诠释，但不会改造得面目全非。而日本则不一样，它有一个引进消化和日本化的过程，完成这个过程后，儒家学说基本上只剩下"忠勇信义"等信条，而且与中国本来的含义还大不一样。早年国民党有位日本通戴季陶曾写书感叹，诸如"己所不欲，勿施于人"这样重要的儒家概念，在中国被视为做人的标准之一，在日本竟无人知晓。

不可否认，明治维新前的日本有着体系上的独特优势，尤其在发展经济方面，社会结构中有经济基础的群体享有特殊的地位，人们为了获得这一社会地位，整个社会都高度重视赚钱；家庭财产等是单一继承人继承制度，个人财产权受到地方法律的保护；整个体系的权力被逐级分配下放，形成了较为稳定的、以大名武士阶层为主的"中等"阶级；社会受过教育的人口占有相当大的比例，再加上整个社会"勤业"风气等，更重要的是此时日本农业社会已经"内卷"多年，走到了尽头，却为引进工业革命打下了基础。

日本就是在这样的文明环境下迎来了英国对华发动的"鸦片战争"，以及随之而来的西学东渐。

1853 年，美国东印度舰队司令佩里率舰队到访日本，翌年，再次来到日本，签订了《日美亲善条约》，史称《神奈川条约》。明治维新政治上从倒幕开始，利用许多下层武士，借口幕府与列强签订条约，鼓动各地闹事，提出"尊王攘夷"，借民间攘夷的情绪倒幕；文化上则从批判儒家学说、废佛禁教开始，复兴"皇国之学"，又称为日本国学，该学说主要研究日本国史与神道的关系，神道也就是皇道，此后，国学逐渐成了神道的思想基础；那么为什么又要"尊王"呢？幕藩体制下天皇实际上只是一个山城国三万石的小领主，其影响仅限于京都，对近畿圈以外的民众来说，天皇与民间百姓所信仰的驱灾避邪的牛头王没什么两样。倒幕派一边通过一系列的战斗迫使幕府"大政奉还"给天皇；次又劝说天皇同意"公议政体"，下放权力，逐步满足各方面的诉求。

这一时期被日本史界称为倒幕时期。

对于佩里叩开日本国门一事，美国一直津津乐道。其实，日本在此之前并没有锁国闭关，最多只能算是半掩门，荷兰在日本默默无闻地传播西方文化已经有很长一段时间了。1855年以后，日本先后在长崎、江户等地开设海军讲习所、讲武所，聘任荷兰教官，使用荷兰军舰进行教学，传播西方炮术，还向荷兰派遣了留学生，局部实行"开放"措施。

这期间有一件值得研究的事件，对于形成明治维新基本国策有着深刻的影响。

1862年6月，日本为了弄明白东学西学"孰强孰弱"，也为了澄清日本国内一些争论不休的问题，特意安排了"千岁丸"考察团到沪访问考察，目的就是要看一看鸦片战争后中国的状况究竟如何。船上共有 51 名日本人，各藩代表都有，多由武士组成。而此时，清朝正处于太平天国起事期间，上海的防务已经交给了洋人，四门皆由洋人把守。"千岁丸"抵沪后，日本考察团除了与地方官府接触拜访，考查了中国各种制度及与西洋各国的关系，观摩了清朝军队训练，走访了周围群众外，还目睹了驻守上海的西洋军人肆意侮辱、谩骂甚至殴打中国官民的情景，这让日本人更加羡慕强势的洋人，而鄙视遭受欺凌的中国人。日本代表团与中国学界学人的会谈是这次访问的重头戏，双方鸡对鸭讲，争论不休，观点南辕北辙。中国学者强调大争之时，还是要恪守祖宗之法，"格物究理，齐家修身，只讲一个'诚'字"；日本武士当场就反驳道：治天下齐一家，内自诚心诚意，而外就应以航海、炮术、器械等现代实用之处去穷其理，不穷航海、炮术、器械之理，诚心诚意的功夫再精也没用。最后干脆说：你们冥顽不化，如此下去，口虽唱圣人之言，身已为夷狄之所奴矣！

"千岁丸"代表团回去后，不少人都写了考察报告，比较一致的看法有这么几点：第一，清军士兵"敝衣、垢面、徒跣、露头、无刀，皆乞食"，军队所用兵制阵法战术都还"以戚继光为法"；百姓居住环境臭气冲天，佣人偷食，民心已乱；整个风气"文弱流衍，遂至夷蛮恃力而至。这是万邦之殷鉴"；除了经济落后，制度僵化外，关键还有思想学术界的学风不正，崇尚空谈，不重实用，观念陈旧，整个知识体系落后于西方，且看不到好转的希望。一个叫峰洁的武士这样写道："窥一斑知全豹，……名医把手脉知心腹之病。清国病在腹心，其面目、四体均有表现，一指一肤之痛也是外在形成。"第二，洋人在华获得了巨大的利益，日本应当乘西洋之威参与瓜分中国的利益。峰洁写道："像这样的士兵，我一人可敌五名。若给我一万骑，率之征战，可纵横清国。"第三，开始对儒学的批判，当然受批判的并不限于儒家，而是整个中国文化，包括中医中药、佛学佛教等，都成了抱残守缺的反面教材。

其实儒学传入日本始自隋唐之际，而在此之前儒学已经经历了两次变弃，一次是汉武帝引法入儒，确立独尊儒术，筛选去除了儒学中革新进步因素，使之成为"承天启运""君尊臣卑"的统治工具；另一次是晋隋完成了儒学制度化的过程。日本先后多次派隋唐使重点学习的是封建政治制度为主的儒学思想，也就是儒学制度文化为主的内容，接受的东西仅限于实用部分，至于儒学早期的仁政民生、大同理想之类思想，还有中国诸子百家、老庄孟荀墨、兼爱尚同、天道非攻等思想，以及佛道伊景诸教，即便了解一些，也只是皮相之谈。当然，由于儒学制度文化本身的缺陷，自隋唐以后在维护皇权方面已经走上了极端，中国学者至少从明朝开始就已经对此开展了批判。

…………

"噢！这条江是我见过最壮观的江，这是什么江？"

"怒江。"

"见到这条江就快到八宿了吧？"

我点点头，把车停在了路边。

怒江和澜沧江一样雄黄湍急，不同的是怒江在群山之间冲出一条深深的河谷，滔滔黄水急流而过，激起层层浪花，其声震耳，回荡在群山中隆隆作响。

在西藏开车的确是件辛苦的事，高原缺氧，人容易犯困，越犯困人的血氧含量就越低，着实危险，所以注意力必须高度集中。这段路没有高速，路面坑坑洼洼，以至于下车后仍然觉得青藏高原还在摇晃。

一路走来，我们遇到不少步行的、骑车的、拉车的，还有三步一匍匐的朝拜者，虔诚的民众和眼球经济的网红都挤上了这条尘土飞扬的国道，甚至还有狗狗拉车的情景，乘车人一会儿用手机谈笑风生地拍摄着奋力向前的狗狗，一会儿又用手机对着自己故做汗流浃背状，虽然只是擦肩而过，但狗狗伸长舌头的卖力的情景，着实让人心痛。不要以为人和狗狗存在着自然禀赋的巨大差异，人就有着无与伦比的优越性，其实，在道德勇敢，甚至责任担当方面，有的狗狗并不比一些人差，好在碰到狗狗拉车的路段多是下坡，省去了对狗狗力不从心的担忧。

人们热衷于旅游，概因旅游可以给人们带来不同的感受和寻找一种自由，西藏高原的崇山峻岭、蓝天白云、无垠的荒原和起伏跌宕的嶙峋怪石的确可以给人们带来不少遐想，让人品味生活中从未有过的辽远境界，似乎能延伸出对精神信仰的交流。可是一旦停下脚步，你就会发现这些并不真实，高原的日照辐射、旱季雨季、风霜严寒，不时还有泥石流灾害，想想生活在高山峡谷里的人们真不容易，没有特殊的精神和信仰是无法在这儿安身立命的。

每个人都有以自己的方式追求自认为"幸福"的权利，然而，不能不说，心灵自由其实是一种能力，是寻找自身向善方向的能力，庄子说："乘天地之正。"心灵自由飞翔是一回事，能不能乘天地之正是另一回事。乘天地之正才能自由地审视真实的自我，而不是人前人后两个面孔的自我，要有拷问自己灵魂的勇气，在这个基础上漫步走上思索人生、思索世间万事万物的旅程。珍惜这场漫长的旅途吧，因为它是人类独有的内心活动，你可以不受约束，但必须找到一个自身之善的方向，倾听真实心灵的呼声，如孟子所说，要保持赤子之心，无论什么时代，无论处境如何，至少要给自己留下一些超脱世俗的自由。随波逐流固然没有错，可惜会辜负每个生命的独特意义，尽量少听一点别人的观点和经验，多给自己一些交流，自己的心灵不能光栽别人的花朵，而要通过自己学习观察思考，使它真正成为自己的百花园，如此，才能不断净化心灵，提升自我的思想境界。

心灵的自由才是所有自由中最高的境界。

德国哲学家黑格尔曾经说过：运伟大之思者，必行伟大之迷途。背起行囊，独自旅行，做一个孤独的散步者。德国哲学家康德一辈子都生活在一个小镇上，生活枯燥单调，循规蹈矩，他每天下午出来散步的时间，邻居们居然可以用来对表。然而他们却是用自由的标准衡量历史是否进步的发明人，许多人对他评论中国历史的论断耿耿于怀，却无法否定他与康德一起是马克思主义哲学的重要思想资源。黑格尔的一生说明人们追求精神自由只需走上对历史和哲学的探索，行万里路恐怕不如读万卷书，因为他拥有一个真正的自由心灵。

…………

1868 年 4 月 6 日，日本举行了以明治天皇为首的新政府宣誓即位仪式，以往历任天皇即位都要着唐制服装，有唐式仪制的惯例。这一天明治天皇一改旧礼，改用日本方式行进，除了"遵照天智天皇之不朽大典为政"的例文外，又加进了"根据神武天皇的创业以行大政"的话，并在庭前神案上放了个三尺六寸余的地球仪。这个洋玩意儿给人们带来太多的想象。据康有为《日本变政考》中描述，"日皇御紫宸殿，率公卿、诸侯、藩士、贡士、征士祭天神地祇毕，申誓文五条"：一曰破除旧习，咸与维新，与天下更始；二曰应兴会议，通达下情，以众议决事；三曰上下一心，以推行新政；四曰国民一体，无分别失望；五曰采万国之良法，求天下之公法。

接着向群臣敕语道：当次日本"未曾有之变革，朕当身先率众，誓于天地神明，以大定国是，立保万民之道"。

这五条誓文传到西方的版本是不是一以贯之不太清楚，单就中文出版物中就有好几种不同的表述，康有为的版本显然有美化的痕迹，这个版本恐怕与当时宣读的誓言相比显然婉润了许多，添加了不少溢美之词，抹去了诸如"扬威四海"之类的话，文字书写的历史不可能完全真实。

那么以这个版本来讨论，日本明治天皇誓言"求知于世界"，"采万国之良法"，究竟求采了哪些内容呢？

西方文明的"三次深呼吸"

　　沿 318 国道到八宿的路，是入藏以来最难走的一段路，除了怒江 72 拐外，整个路段几乎常年受泥石流困扰，修路堵车一直延续到县城。

　　八宿县面积 12330 平方公里，人口只有 49000 人多点，县城设在白玛镇，318 国道穿城而过，成了县城唯一的主街。整条主街没有红绿灯交通信号系统，黄昏时分路上堵车，一位交警跑来跑去逐个告诉各个路口每辆车的司机放行顺序，很是辛苦。整个县城骑路而建，两边耸立着栋栋新楼，错落有致，在古朴的群山和大江边嵌上了座座现代的标记。

　　出八宿到林芝鲁朗路好走多了，车少人稀，风光如画，特别是进入波密以后，公路穿行在高耸笔直的松柏之间，随着缭绕的轻雾跌宕起伏，真有恍如江南的感觉，不，江南也没有如此令人心旷神怡的路。

　　…………

　　日本明治维新"求知于世界"，这个世界当然只是指西方世界。西方世界究竟鼓荡起什么思想让日本走上了战争道路呢?

西方文明按照西方学者自己的说法，赓续的是古希腊、古罗马文明，正如西方学者所说，古希腊文明和古罗马文明创造了人类历史上诸如民主政治、理性思维、法律制度等一系列重要贡献，不可否认的是，无论古希腊还是古罗马最终都走上了帝国道路。"帝国"一词，有学者认为它是一个不断对外扩张征服的体系或政治组织；也有学者认为，它本义就是军事联盟。无论哪种解释，"帝国"的一个本质特征是内部无法同质化，不是帝国不想同质化，而是它没有"以文化成天下"的能力和胸襟。

如果对东西方历史和文明稍微认真一点进行对比的话，就会发现甲骨文明之所以能够"以文化成天下"，除了它作为表意象形文字的独特优势外，还有甲骨文明创造的两个重要思想观念：

一是"天下观"。中国古人的宇宙论认为，世界是个"天圆地方"的结构，当然这种认识不够科学，不过它带来了一个合理的平等视角。平等，在当时知识和物资极端匮乏的情况下，不仅可以促进人们相互的理解和尊重，同时还是族群生存繁衍的必要条件。平等视角就是"天下为公""内仁外礼""四海一家"，人和人有职业的差异，没有人种血统的高低贵贱，"王侯将相宁有种乎"，这也是说明中国没有真正意义上的奴隶制的一个原因。儒家伦理上的"三纲""五常"主要规范王朝、社会、家庭内部秩序，并不是社会等级划分的制度。中国实际上到秦朝就已经完成了大一统的整合，正如德国哲学家莱布尼茨所说："伦理学是他们真正的力量源泉。"而古希腊、古罗马则不同，古希腊亚里士多德写了本书《论天》，其中的地球中心论、四元素构成等学说要比"天圆地方"复杂得多，根据这一宇宙论思考它的伦理秩序安排，无论是社会还是军队，都设置了严格的等级制度。古希腊法律上存在着公民、自由民、奴隶三个等级，均为世袭；梭伦改革又在公民内部按照财产多寡，把公民分为四个等级，即五百斗者、骑士、双牛者、日佣，分别享有不同的权利，进一步缩小了有公民权利的人数。当时的学者认为，平等是原始社会残留的陈旧观念，不适应文明社会的要求。古罗马也一样，古罗马是一个典型的奴隶制帝国，拥有500万~800万奴隶日夜劳作才能维持这个奢侈帝国的生存和娱乐，每年还要补充25万~40万奴隶，否则会影响整个国民经济的运转。正是由于这一需求，虽然其能够征服一个又一个地方、一个又一个的民族，可以劫掠数不尽的财富和奴隶，但无法平等地对待他们，不光因为征服的目的就是税收掠夺，更重要的是没有一个能将不同民族融合进一个共同体的伦理基础。

二是华夷之辩。中国古人"天圆地方"的想象，认为中国就是"天下之中"，称为"天中"，中为华夏，四周为夷。"华夏"，古人以服章之美谓华；以疆域辽阔、文化繁荣、文明道德谓夏，"华夏"一直是人性和文明程度的标识，人们以华夏文明为荣。中国甲骨文明化成华夏九州，西至喜马拉雅山，东至台湾，南尽丛林，北到荒原，如此辽远疆域内，包括操 6 种主要语言、300 多种小语言的人民，到秦朝基本完成了伟大的整合，至汉代，形成了以农业为主、自给自足经济为基础、世界上人口最多的文明共同体，正如汉代史学家班固《汉书·元帝纪》载：此时已经养成了"安土重迁，黎民之性；骨肉相附，人情所愿也"的民族性。西方民族性的养成则主要通过经济活动、贸易往来和对外扩张，德国的天才历史学家利奥波德·冯·兰克曾说，西方文明的诞生主要通过"三次深呼吸"完成：第一次是公元 5 世纪前后蛮族入侵罗马帝国，第二次是 11—13 世纪的"十字军"东征，第三次是 15 世纪之后的大航海和新世界大殖民。"第一次深呼吸"导致了实行奴隶制的西罗马帝国灭亡；"第二次深呼吸"，"十字军"攻陷了君士坦丁堡，这座传承古希腊文化和物质文明的最后一座城市在大火中被洗劫一空，目击这场灾难的杰弗里·德·维尔阿杜安在《君士坦丁堡的征服》中写道："所有的战利品，多得不得了，没有人能告诉你究竟有多少。黄金、白银、器皿、宝石、锦绸缎、银线布匹、长袍、貂皮、灰鼠皮以及各种精致的东西，散乱地堆放在地上……自从世界创造以来，从来没有任何一个城市可以获得这么多战利品。"当然，杰弗里仅是一位军事指挥官，在他眼里恐怕没有多少人类自古希腊时代以来创造的无数珍贵艺术品、远古的图书手卷以及世界各地的奇珍异宝。此后，东罗马帝国一部分人跑到尼西亚又建了一个"罗马帝国",但真正的罗马帝国无论从政治上还是经济上都已经寿终正寝了,新建的"罗马帝国"再也没能恢复昔日的声威。

不少学者说近代资本主义就是在罗马帝国的废墟上生长出的一种新的文明,这个文明体系就是不断拆迁、不断搭建、不断探索、不断更新的过程。

但也有学者认为,近代资本主义只是在那段文明的废墟上"换了个马甲",不过是用资本代替了部队,用科技代替了刀剑,战争和杀戮比过去更残暴、更凶狠,仅仅是形式和部分内容变化而已。

从历史上看两种说法都有一定的依据。

14世纪末,奥斯曼帝国对东罗马的战争使得大批希腊难民逃亡到意大利,带来了古希腊的历史、哲学、文学、艺术等方面的作品书籍,更主要的还是这些难民本身,是他们点燃了意大利的文艺复兴,使处于中世纪黑暗沉重宗教神权束缚下的群众获得了思想解放,启发了人们对知识、对人生的思考和探索。西方一些学者把这场运动说成是启蒙运动,然后又搬出德国哲学家康德的赞美话:"启蒙运动是人类的最终解放时代,将人类意识从不成熟的无知和错误状态中解放出来。"认定意大利的这场运动开启了人从神学神权的权威枷锁中解放出来的时代,有了追求幸福、追求知识、追求人的尊严、追求思想向善的自由和方向,给每一个生命赋予新的价值,一句话,人性会得到解放。这样去评价这场运动着实有些过了，倘若认真拜读一下康德那篇《什么是启蒙运动》的文章，就会发现，康德心目中真正的启蒙还远远没有完成。"如果现在有人问：我们目前是不是生活在一个启蒙了的时代？那么回答就是：并不是，但确实是在一个启蒙运动的时代。"康德说这话的时间距离意大利那场文艺复兴已经过去了 200 多年，如果说意大利这场文艺复兴就是罗马废墟上生长的新文明或把它认定为启蒙运动，也只能说是新文明的萌芽或启蒙的初级阶段。无论怎么说，意大利的文艺复兴对于形成近代西方人文主义等许多现代化基本理念还是功不可没的。

在这场文艺复兴运动中，有一位叫约翰内斯·古登堡的德国人，在整合前人技术发明的基础上，包括中国 11 世纪发明的活字印刷术，改进成了铅字印刷术，极大地推动了人文主义的传播。

意大利文艺复兴展开不久，西方进入第三次，也就是持续 300 年的最大的一次"深呼吸"——西方学者称"地理大发现"；但被发现地的原住民和非洲人则认为这是最血腥、最野蛮的大殖民时代。

西方人在这个新时代里究竟干了些什么呢？

…………

中午进入波密县扎木镇，这也是波密县城所在地，一边靠山，一边沿河，318 国道穿城而过，往来商人游客熙熙攘攘很是热闹。波密县是藏东南的洼地，海拔不到 3000 米，气候温和湿润，是西藏的产粮基地，并以生产松茸、羊肚菌而驰名。

停好车，我们在县城大致转了一圈后，便找了一家小店每人买了一碗豆花，四川麻辣风味，很是可口。那家小店收银台前后摆满了泡酒的玻璃容器，每个容器内都有各种菌类，并附上该酒的主治功能，从治腰酸背痛气喘不畅，到活血化瘀治疗各类肿瘤都有，让人大开眼界。

…………

西方人把自己"第三次深呼吸"称为"地理大发现"，认为地理大发现使人类的知识由"已知陆地面积的五分之二、海洋面积的十分之一，扩展到了陆地海洋面积总和的十分之九"，而另一组数字则显示，自1492年哥伦布发现美洲大陆到18世纪末，西方殖民国家以占人类不足十分之一的人口，却占有地球超过一半的土地；到20世纪初，占有世界土地面积数量更是惊人，其中英国殖民地面积3350万平方公里，是本土面积的137倍，西班牙殖民地面积1921.5万平方公里，法国殖民地面积1234.7万平方公里，葡萄牙殖民面积超过1000万平方公里……全世界绝大多数国家要么沦为殖民地，要么沦为半殖民地，很少能独善其身。

早期西班牙人到达美洲，遇到阿兹特克文明时有着发自内心的自愧不如，他们看到了从未见过的美丽安静的城市、华丽装饰的巨大建筑、完备顺畅的水渠系统、拱形的立交桥、精致的人行道，音乐、舞蹈、雕塑和颜色绚丽的服饰更是别具一格，丝毫不亚于欧洲的艺术水平，还有维护整个文明体系的政治思想、经济思想、财政制度、法律制度等，全都采用象形文字，通过几种语言写成的著述。阿兹特克人心灵纯洁，心地善良，行为高尚，礼义文雅，把友谊和诚信看得比财富更重，甚至国家的金库都无人值守，"黄金可以轻易拿到"。对西班人的到来，阿兹特克人根据自己的伦理传统给予充分的尊重，长期供应必要的食物，对西班牙人的残忍本性竟毫无认识，然而这一切反而助长了殖民者的贪婪欲望，按照西班牙部队指挥官的话说，他们得了"非黄金无法治愈的心脏病"，这个奇怪的病让西班牙人开始了疯狂的屠杀，虽然阿兹特克人几乎献出所有黄金白银，几次与殖民者签订协议，但丝毫没有阻止他们的丧心病狂，仅仅两年时间，一个拥有1500万人和"世界最美丽城市"的阿兹特克文明，变成了一片废墟。他们究竟杀了多少人至今也没有人能说清楚，阿兹特克人创造的文字和著述已经没有人认识了。

西班牙、葡萄牙以后，英国人、法国人等接踵而至，英国人对西班牙洋枪洋炮的杀戮仍觉太慢，多次宣称："天花是上帝派来为他的选民清扫居住地的，印第安人弄错了自己的居住地。"于是便组织起"文明种族"的人将感有天花病毒的衣物、毛毯之类的东西，并摆出一副仁慈的笑容，送给了印第安人。英国总督卡罗莱纳直言不讳道："我们显然可以看见上帝的手，他削减了印第安人的人数，从而为英国人腾出了地方。"美国 1776 年独立后，1814 年政府颁布法令，每上缴一个印第安人的头盖皮，美国政府就奖励个人 50~100 美元，其中 12 岁以上男性印第安人的头皮可以获得 100 美元，低于 12 岁的儿童、女人只有 50 美元；这还不算，美国人发现北美野牛是印第安人重要的食物和生活物资，于是决定将北美野牛全部杀光，直到印第安人彻底失去生活依靠为止，结果这些可怜的牛无缘无故地被滥杀了 7000 多万头，牛头堆积如山，仅存下不足 1100 头……

一方面，西方殖民者在对原住民进行屠杀的同时，还进行了大规模的"基因置换"，这是一个相当"文雅"的词。有学者对墨西哥人口状况进行研究，发现总人口中有 93%的印欧混血人，其中来自欧洲白人男性的父系遗传基因占 6 成至 9 成，其母系印第安女性遗传基因占 9 成以上，历史上究竟发生了什么让印第安男性遗传基因几乎完全消失，恐怕人类还没有足够的想象力去说明这一切。

另一方面，从 15 世纪开始，西方殖民者便在非洲猎奴，然后再贩卖到美洲，长达 400 年时间里，有学者研究证实，在非洲猎奴过程中，非洲被杀上千万人；再由海上贩运，平均每运到美洲一个奴隶，途中至少要死亡 10 个黑人。18 世纪上半叶，圣多明各输入 280 万黑奴，而到 1976 年仅剩 65000 人，根据这一数据推算，非洲在黑奴贸易中损失人口应有 1 亿人以上，这就是西方"第三次深呼吸"最卑鄙、最无耻的一页。而这种罪恶的贩奴制度则被英国人很"文明"

地称为"合同制下劳动密集型生产方式"。

15000 年前，从中国，经西伯利亚、白令海峡，到达美洲大陆的祖辈，历经千辛万苦，经过上万年的努力，创造了璀璨夺目的南北美洲文明，仅仅用了 300 年就被西方"第三次深呼吸"摧残殆尽，非洲更是由于持续的流血，失去了发展和文明的动能。这些还仅是西方"文明种族"自己的记述，其中的血泪和屈辱、悲愤和绝望，至今思起，仍能让人毛骨悚然，不寒而栗。

…………

下午，汽车遇到修路施工，长长的车队卡在路边，只见不远处协管员指手画脚大声喊着什么，我急忙下车跑了过去，良久也不知道那协管员嚷嚷的啥，大致估计出是不让我靠近的意思。正着急间，后面车上一位老者凑上前把协管员的话翻译一遍，说前面工程需要"放炮"，也就是爆破作业，现在正在装药，十几二十分钟就完。

我见那"翻译"一直冲我笑，便疑惑地问："普通话怎么说这么好？在哪儿学的？"

那人五十多岁，瘦脸寸发，面色黝黑，一双不大的眼睛熠熠发光，显得十分喜庆，他略带神秘地笑道："从小就会。"

"汉民？"

"我？藏民！"他笑笑，又补充道，"一半藏民，一半汉民。"

"噢——"我急忙摸出半包烟递了过去，虽然我不怎么抽烟，但时不时地也买一包放在兜里，以备不时之需。

"父亲是汉民，母亲是藏民，我随母亲，我们家光我这一辈就有兄弟姐妹八个人，我三个孩子，下一辈表兄弟姐妹二十多个！到孙子辈就更多啰，我算算……"

"父亲原籍是？"

"老家四川，现在归重庆，父亲是十八军的，就是修这条路的，你是河南人吧？！"

"你怎么知道？"

"听口音嘛！河南人在我们这儿多得很哪！十八军先在河南商丘补充的兵员，又到四川扩招不少人，老兵从四川来这儿，是边修路边进军噢！"他见我点点头，接着说道，"路修好人也留下来了！"说着他会心地笑笑。

"像你这样的情况多吗？"我问。

"多得很哟！这一路很多很多……那时候西藏缺劳力，缺文化，男兵女兵都留下来了，毕竟这儿地广人稀，最缺的就是人手。"

我点点头说："老人家看到如今情况一定很高兴吧？！这么一个大家庭！"

他迟疑片刻，感叹道："父亲没能看到现在的大家庭，去世前倒经常让我开车拉他走走这条路，他1996年就去世了，他是1921年生人。"

"回过四川老家吗？"

"回过，年年去一趟，父亲的遗愿就是葬在老家后山上，当时安葬也没有现在的条件，竹芽草根很难除净，我们每年都回去清理祭祀。"

我说："我去过不少地方，也开车走过不少号称'中国最美丽的公路'，只有这条路是中国生产爱情最多的，从唐朝开始这条路就是最有魅力的路，是人们心中最美的路！"

放行后，他一直开车跟着我，直到我到达鲁朗。

…………

很多人或许会引用卡尔·马克思说过的一句话为"西方文明"辩护："资产阶级在它不到一百年的阶级统治中所创造的生产力，比过去一切世代创造的全部生产力还要多、还要大。"注意，马克思在这里讲的是资产阶级，而利奥波德·冯·兰克讲的西方国家"第三次深呼吸"，是从15世纪"重商时代"开始，到工业革命的殖民时代整个过程，也就是从资本的原始积累开始，通过对内对外的掠夺，完成两极分化。1780—1840年英国工业革命，率先走出农业时代，确立资本主义生产方式，进入原始资本主义阶段，接着其他西方国家纷纷效仿英国，实现了工业转型，"现代资产阶级本身是一个长期发展过程的产物，是生产方式和交换方式的一系列变革的产物"。也就是说，它仅仅是"第三次深呼吸"过程中的一个阶段，"资产阶级在历史上曾经起过非常革命的作用"，生产关系的变革在一定程度上适应了生产力发展的要求，出现了工业革命，释放了蕴藏在社会劳动里的生产力；同样在这一阶段里，资本也是"从头到脚，每个毛孔都滴着血和肮脏的东西"，不可否认的是，殖民时代工业革命带来的征服杀戮，掠夺奴役的罪恶和伤害，恐怕比过去所有世代加起来还要深重，还要多。

2001年，联合国德班会议揭示了西方现代化的真正奥秘在于奴隶制度和殖民主义，近代一切避谈奴隶贸易和殖民掠夺的经济学都是虚伪的假说，且明确了前殖民地国家有权向前殖民国家索赔的正义主张，部分前殖民地国家提出了初步的索赔数额，其中非洲索赔777万亿美元，加勒比14国索赔7.5万亿英镑，美、加、澳、新等国的原住民索赔35万亿美元，美国黑人索赔17.1万亿~20万亿美元，印度向英国索赔45万亿美元等，众多的殖民地国家对自己历史上的损失和伤害正在统计，这还不包括众多的半殖民地国家。

…………

"你要把这些内容都放到这部电视连续剧里吗?"会议室里一张长长的红木大桌围坐着一圈编导演员，一人盯着我问道。

"对。"我点点头，接道，"我只是根据社会需要写了这些内容，西方人在征服南北美洲后，曾多次召开会议，讨论用灭亡美洲的办法征服中国，理由是中国一直是贸易顺差、贵重金属的净流入国，再一个就是在中国传教困难。实际上，西方文明本质上是一种不扩张就内卷的文明。当前西方面临的情况和当时差不多，西方会不会进行'第四次深呼吸'？'第四次深呼吸'定位的空间在哪里？我就想通过这个故事把这些顾虑讲清楚，希望搞一部以思想逻辑性为主、非商业性、非虚构电视连续剧，大家讨论讨论能否达到这几个要求？"

短暂沉默后，突然爆发出一阵哄笑。

"无论是谁投资影视，目的都是赚钱，群众观剧，是为了开心，离了商业性、娱乐性，故事再精彩也没用，再加上说的这些背景，你肯定搞不成。"

"谢谢，谢谢！"我站起身与众人点点头，转身离开。

"你图个啥呀?!"一个年轻人追着我问了一句。

我驻足沉思良久，回头看看那张英俊且富于情感的脸，掂量了一下说服他的可能，没吭，径自走出了会议室。

日本武士胸前的西洋领带

鲁朗镇是林芝市下辖的一个小镇，群山环抱，碧水蓝天，森林草甸，层林尽染，再加上藏族风格的村庄，美不胜收。可谓高原的风貌，江南的气候，古朴的习俗，别具一格的建筑，正如其名——"让人不想家的地方"。

昨晚几乎一夜无眠……

…………

日本明治维新"求知于世界"，正是在西方文明"第三次深呼吸"的历史大背景下开始的，西方世界弱肉强食和神话般的财富生成模式极大地刺激着日本人，日本在自己已有的知识逻辑和文化传统基础上如饥似渴地吸收这些思想，探索一条适合日本自己的路。早在明治天皇登基之前，中国的儒家学说、朝圣体制、宋明理学之类的思想制度已随着幕府倒台被批判抛弃；那么，意大利文艺复兴提倡的人文主义、思想解放之类的东西是否能学呢？日本人认为，从自然法逐步流变到权力和利益，以及以个人为中心的各种思想更不能学，他们看得十分清楚，走这条路天皇不可能从一个"小山城里只有三万石的小领主"走上日本最高权力中心，天皇和藩主大名们只有走神启的复古之路，才有可能到达历史舞台的中心。于是便在明治天皇正式登基的前一个月，也就是1868年3月，天皇先是颁布了《神佛分离令》，废佛毁释，接着公告了禁教（基督教）令，确立神道教为国家合法宗教，和国家祭政一致制度，恢复神祇官，预示着日本只能在神道教思想指引下"求知于世界"。

日本的战国时代（1550年左右），西方基督教曾一度传入。1587年，丰臣秀吉认为洋教是统一日本的障碍，颁布了日本历史上第一个禁教令，驱逐了外国的传教士，将不顾禁令、潜入日本传教的教士二十多人押往长崎处死，教会称为"二十六圣人殉难"事件。

神道教是日本传统的古老宗教，具体产生的年代很难疏流溯源，最初应该是以自然精灵和祖先崇拜为主要内容，最早出现"神道"一词是公元8世纪初《日本书纪》中，曾有用明天皇"信佛法，尊神道"和孝德天皇"尊佛法，轻神道"的记载，一开始就是与佛教相区别的宗教概念，并逐步仿照佛教庙宇开始盖神社神宫，形成了一些教义和仪式。神道教崇拜的对象五花八门，从传说中的人物到能置人死地的动物等，学者计算有800多万个神，如此众多神的特征，归结到一点就是"强者崇拜"。有学者认为神道教类似于东亚大陆流行的萨满教，这就有点冒犯萨满教了，实际上它更接近于西方的"社会达尔文主义"。在这众多崇拜对象中，最具想象力的是太阳神，日本人称之为"天照大神"，又称"皇祖神"。神道教没有古传成文的教义，信仰只能通过神祇官和宣教获得，所以明治维新宣布神道教为国教，首先就是恢复神祇官序列，通过神祇官垄断人们的信仰，把神道教变成了皇道。

如果认真回顾一下日本明治维新的过程就不难发现，日本的这场"改革"其实与意大利那场文艺复兴恰恰是背道而驰的。意大利文艺复兴从政教分离、宗教改革、思想自由开始，是一个理性的思想解放的过程；日本明治维新则是一个重新造神的运动，把人们思想垄断进一个神话牢笼的过程。设置神祇官，赋予的权力曾经一度在太政官之上，建立的是一种类似教政合一的体制，为推行日本国家意志扫除了一切障碍；确立神道教为国教，废佛禁教，剥夺了人们思想自由。佛教也好，基督教也好，在许多方面是可以相通互融的，如允许个人与佛祖、上帝悟道沟通，从教义上讲都认为生命是永恒的、是属于个人的、是轮回的等，神道教则不同，它必须扫除个人追求信仰的自由，神道教没有统一的教义，个人没法跟"天照大神"交流，天照大神的意思只能由神祇官传达，规定由宣教使在全国宣教"惟神大道"，以神的名义和口气传达天皇的旨意，其目的无非是用神道教构成国家意志，为天皇统治提供合法性，统一日本人的思想意志，提供神道世界观、价值观，同时还要解决日本农业社会已经走到尽头的内卷状态，避免成为西方狩猎的对象。

在这个急迫的需求面前，"求知于世界"的日本选择引进种族主义、社会达尔文主义、殖民主义、法西斯主义等就是水到渠成的事。

日本把神道教定为国教，为构建极端种族色彩的民族主义提供了历史文化和思想基础，宣称"国家无论是谁，都有天神的血统"，个人生命应服从国家需要。在天皇登基的第二年，也就是 1869 年，迁都东京的同时，设立招魂社，后改为靖国神社，通过靖国神社，巧妙地把恐怖、残忍、血腥乃至死亡，变成了"为国捐躯""光荣战死"，死者成了献给天神天皇的一种荣耀，成了国家祭祀的神灵，不仅死者生前做过的一切罪恶不必追究，还能让死者家属得到光荣，日本人称为"慰灵和彰显"。

明治维新一边废除武士阶层，一边又重新构建光大了武士道，这或许是最能说明日本这场"维新"本质的举措。武士道源于公元 8 世纪的日本战国时代，光大于公元 12 世纪镰仓幕府时期，它是一种把荣誉看得高于生命的精神，由于日本武士阶层都是世袭的家族，家族生存全系主君的信任，而要取得信任就必须有一套"忠义"自律的行为规则，久而久之就形成了武士道，1000 多年来，逐渐深入社会生活、文化、性格和精神之中。日本明治维新需要武士道精神，但不需要武士阶层，1871 年允许剪发废刀，1872 年废除士农工商身份制度，废除了原有武士阶层对原有主君的忠义，在全国范围内倡导武士精神，目的在于只准效忠神道天皇。

武士道一开始也没有教义，明治三十二年（1899年），一位叫新渡户稻造的日本人在美国用英文写了本书*BUSHIDO*，返销日本后，才有了武士道的正式称呼。从字面上看武士信奉的是"正直、忠孝、恩义、坚忍、质朴、武勇、礼节、大义、名分、羞耻"等，的确与中国传统文化提倡的种种美德没多少区别，但这些字面背后包含的内容和导向的目的则更接近于西方中世纪骑士的规章，或者说类似于西方的骑士精神，是把西方的观点概念放在日本历史传说故事中加以阐释，归纳成规则定律，形成独具日本特色、"毫不留念的死，毫不顾忌的死，毫不犹豫的死"的武士道精神，其典型的行为就是"切腹自杀"。

　　神道教、靖国神社、武士道三者是相互依托又分工明确的一个意识形态体系，神道教统一国民思想，凝聚国家意志，体现价值追求；靖国神社则是对实施国家意志，为圣战献身的一种奖励和慰藉；武士道作为一种道德约束或是潜在的司法机关，是保证实现国家意志和价值观的工具和手段。三者相互作用，构成了一套神秘严谨的价值导向，成为日本独具特色的军国主义思想文化基础，也是日本对外持续发动战争的动力源泉。

　　对于日本明治维新确立三位一体的军国主义思想和意识形态，就连西方的学者也认为明治维新"是一场倒错的改革"，唯恐避之不及，并不情愿把日本这套东西与西方文明混为一谈。

从鲁朗到林芝，全程不足 80 公里，中途穿越鲁朗林海，可见许多树上都挂着长长的胡须，远处轻雾拂绕，牵挽着天际的白云，给这片色彩斑斓的高原增添了无穷的景色。翻越海拔 4720 米的色季拉山口时，则又是一番风光，四周尽是枯黄的草甸，大块大块的云朵凝重地垂在山边，仿佛置身于云雾仙境，四周虚空万里江山。

途中，我们又拐到雅鲁藏布江大峡谷看了看。

雅鲁藏布江大峡谷是个很大的景区，购票后乘交通车才能到达观景点，虽然从观景台望去江流平静而缓慢，可是细想，正是这江水绕着喜马拉雅山东侧的南迦巴瓦雪山，劈出一个奇特的马蹄形大拐弯，形成一条 500 多公里的巨大峡谷，平均谷深 2268 米，最深处竟达 6009 米，不能不让人震撼。

景区内可以远眺南迦巴瓦雪山，恰好那天有段时间阳光正好斜照顶峰，远远望去，雪山挺拔在群山之巅，如锥状般孤傲耸立，峰顶隐隐约约连接着片片彩云，透出一股天涌的壮美豪气，那景致带来的冲击和感动让人久久不能自已。

南迦巴瓦雪山的奇伟让我想起司马迁著史的风格，司马迁少时，其父司马谈给儿子找了当时最好的大师孔安国、董仲舒教他读书，但司马迁却想"用脚"读书，父子俩共同筹划了司马迁最早的一次壮游，历时两年，从江南到西北，行程 3 万里，这次壮游让人不能不佩服司马父子的史家眼光和胸怀。以后他又奉使西南，筹划西南设郡之事，足迹遍及"邛、笮、昆明"等地，很多人认为，正是司马迁用脚读书的方法，遍访历史遗迹，览江山形胜，通古今之变，究天人之际，才成了一家之言。其实这不过是后人根据《太史公自序》的推测，司马迁著《史记》大概有两个前提，一是其父司马谈作为当朝太史公很可能已经有了一个史记的轮廓，公元前110年，刚刚奉使西南回来的司马迁又奉命赶往泰山参加封禅大典，走到洛阳见到弥留之际的父亲，父亲对司马迁说："我死后你会做太史，千万不要忘记我要编写的论著。"并且交代说："从鲁哀公获麟到现在400多年，其间诸侯混战，史书丢散，记载中断……我作为太史公不予评论记载，中断了国家的历史文献，对此我感到十分不安，你务要记在心上！"司马迁流泪表示，一定要把父亲编撰的史书完成。二是司马迁的两位老师孔安国、董仲舒为他的著作提供了不少世已散佚的古文资料，尤其是孔安国为孔子后人，提供了《古文尚书》等一些很珍贵的资料，使他能够大量引用。

公元前99年，司马迁因"欲沮贰师、为陵游说"而被定为"诬罔之罪"，按律当斩，司马迁背负着父亲终身未尽之业，心里很是不甘，"草创未就，会遭此祸，惜其不成"，最后选择以腐刑赎身死，完成了中国最伟大的一部史著，鲁迅先生评价："史家之绝唱，无韵之离骚。"

平心而论，司马迁身残志坚著作《史记》，可算是中国文化史上的一件大事。然而不得不说，司马氏父子任职的太史官，干的是考校古今、典综经籍的工作。写作所依据的资料都是经过前人筛选剪辑过的。虽然有过壮游，所论往事也是道听途说，更重要的是，奠定传统史学或者说史学研讨的核心，都是围绕王权思想展开的，纪功颂德是为了神器有命、瘅恶彰善维护的纲常名教，汲取教训是让统治者以史为鉴，总结经世致用的经验在于以史资政，有令人遗憾的时代局限性。司马迁褒贬评定天下是非的标准，无论对人对事都深受其师董仲舒公羊学派的影响，把孔子儒家学说尊为"高山仰止，景行行止"，释史简略，循规蹈矩，"微言大义"则完全沿用了儒家的立场观点，虽还保有一定的批判性，但基本上是效法《春秋》的标准，完成了这一大典。

司马迁什么时候去世史书没有记载，他有一个女儿司马氏嫁给杨敞，之后杨敞官至宰相，与司马氏育有二子，其中小儿子杨恽颇有史家眼光，从小到大研读外祖父司马迁的遗稿多遍，及长杨恽因举报霍光霍氏谋反，被汉宣帝封为平通侯，得势后才把这部52万字的遗著献了出来，定名《史记》，得以为天下人共读，遂成史学最显赫的一家之言。不过之后杨恽被腰斩也不能说与这本史书没一点关系。

杨恽自幼熟读《史记》，对他的个性养成究竟起到了什么作用？让他丢掉性命的那封《报孙会宗书》与其外公司马迁的《报任安书》风格如出一辙，只是他醒悟得太晚，被处斩的当天，已被罢官的孙会宗前来送行，杨恽道出悔不听其所言的话，才明白性格养成、低调保身其实是司马迁身体力行的一种智慧。

老子说："上善若水。"又说："故贵以贱为本，高以下为基。"处低贱而不居高贵应该是道的特性，有了依道的低贱心态才会有高贵境界，有依道的低贱经历才会有高贵成就。话虽如此说，可又有多少人能够践行呢?!

中华民族是"上善若水"的民族，春雨夏露秋霜冬雪，传统文化认为水有润泽万物、处下不争、滴水穿石、公平宽容等多重优秀品格，古今不少文人写过水和雨，然而最能打动人心弦还是杜甫那句"好雨知时节，当春乃发生"。没有与普通人的感同身受，杜甫无论如何也写不出如此优美的诗句；当然，没有如水的善良，也同样分不出好雨还是坏雨。讲历史和文化其实都是沉重的话题，杜甫是中华五千年文明史三个"布衣圣人"之一，唐以后历朝历代的皇帝官府也不惜放下架子题词封圣，在过去"朕即天下"的时代，也是一种对"至誉无誉"的无奈之举，毕竟杜甫是中国历史上极少的靠诗篇留名千古的人物，并且他的意义远远超出了诗歌文学，成了政治和民心的象征。可谁曾知杜甫在世时，没有一个人评论过他和他的诗，他也没有卖出过一首诗，最多是用呕心沥血写的诗换回一些草堂顶上的茅草。他虽五次为官，但位卑言轻，低眉而眼难顺，一生大部分时间的身份是平民，按照杜甫自己的说法是"杜陵布衣"或是"少陵野老"，生活多是靠亲戚同事接济，或是自己辛苦种些草药之类换些零钱维持，真正是吃了上顿没下顿，甚至最小的儿子生生饿死，可以说尝遍了人间疾苦。令人费解的是，直到现在许多人认为杜甫是位"忠君爱国"式的人物，依据是他早年那句"致君尧舜上，再使风俗淳"。不过，那是他安史之乱前的志向，尚处在"放荡齐赵间，裘马颇清狂"的状态，尚没有看清这世界和人生的真相。

安史之乱时，杜甫被俘囚困于长安，靠捡烂菜叶和剩饭残渣度日，尽管如此，他仍然没有出任伪职的想法，"少陵野老吞声哭，春日潜行曲江曲"。在此期间，杜甫不但写了《哀江头》《悲陈陶》等许多名篇，还暗自对安史叛军内部情况及作战特点、方式进行观察，默记在心，不然他不会孤身冒险逃出长安，北上延州，指望着为官军平叛有所襄助。杜甫投奔肃宗后，为在陈陶斜作战失利的房琯说话，概因被困长安两年，对潼关失守和陈陶"四万义军同日死"的惨败早有耳闻，深知叛军以骑兵为主，野战为优，擅长快速机动，四处点火，乱其阵法，然后乘势分而击之。对付这种战法只能"结硬寨，打呆仗"，而皇上派的监军太监则立功心切，往往奉旨催战，终致官军落入野战圈套，"孟冬十郡良家子，血作陈陶泽中水"。这恐怕也是杜甫冒险逃出长安的主要动机。

唐肃宗至德二载，也就是公元757年，杜甫逃出长安，没有去鄜州，而是去了凤翔，急切地想为朝廷尽点绵薄之力。杜甫见到肃宗时蓬头垢面，袖见两肘，足蹬草鞋，又老又丑，肃宗见状为之动容，感慨系之。是年5月16日，任命杜甫为左拾遗，负责修订皇上诏书和推荐干部，谁知不久便因为房琯抗疏求情，引起肃宗震怒，要按律严惩，只因众人求情，方才作罢，不久，杜甫便被打发回鄜州羌村省亲。

在羌村，是杜甫价值观、人生观发生根本转变的关键时期，他隐隐约约觉悟到这场"比闻同罹祸，杀戮到鸡狗"的大祸，恐怕与朝廷有着一定联系，不仅引起安史之乱的祸根可以追溯到朝廷皇亲国戚，就连一连串的败仗也多因太监监军所致，更让天下寒心的是，肃宗不去分析失败的原因，信不过唐朝自己的军队，反而向回纥借兵，许诺"克城之日，土地、士庶归唐，金帛、女子皆归回纥"。至德二载（757年）九月收复长安，十月收复洛阳，回纥勒兵要唐皇兑现诺言，劫掠长安，被太子李豫劝止，把兑现诺言的地点引向洛阳，"回纥入东京，肆行杀略，死者万计，火累旬不灭"。杜甫生于河南巩县（今河南巩义西南），少时长在洛阳，家乡究竟多少人被杀，多少女人被掠，想想都让人肝肠俱焚，这种惨状带来的冲击、愤怒，更多反映在诸如《哀王孙》等隐晦的诗篇里，使他陷入深深痛苦和思索之中。杜甫与亲人乡亲这种砸断骨头连着筋的血肉联系，让他尝到了吞食自己鲜血的味道，这种柔肠万段的苦痛，开启了他寻找新的人生方向的信念，他这段身心俱焚的心境却把中国诗歌推上一个脱胎换骨的新境界。

杜甫回到羌村，乡亲们在十分艰难的条件下，给了杜甫力所能及的最大的安慰和帮助。一天，羌村四五位父老带些浊酒，来家庆贺杜甫生还，杜甫"请为父老歌，艰难愧深情"，我想杜甫此时才算真正立下了的志愿，一改中国旧文人为皇帝唱颂歌，为官宦道吉言，或是"诗以言志"、粉饰太平的传统，由忠君爱国的立场转变到了爱国爱民。不久，杜甫回洛阳寻找亲人，在回长安途中写下了"三吏""三别"，使中国文学转型成为天下百姓鼓与呼的工具，它的意义远远超越了诗歌文学，成为陶铸中华民族性格的重要材料，成为灌溉培育中国人家国情怀的源泉。闻一多曾这样评价杜甫，说他是中国文化"最庄严、最瑰丽、最永久的一道光彩"。

有人说杜甫逃避到成都后，曾过了一段安定的日子，其实不然，安定不一定安心，对时局的忧心，对中原父老乡亲的担忧，让他"凭栏涕泗流"，每每想起杜甫的这段漂泊经历就让人心疼。清代学者赵翼曾赋诗："国家不幸诗家幸，赋到沧桑句便工。"这首诗是题金末元初元好问的，元好问虽经金元易代，身阅兴亡，但他无论在金还是在元，都是名人，"两朝文献一衰翁"，他并没有遭受多少刻骨铭心的苦痛，以后入元不仕，只能算是大节无损，他赋诗著作也仅为旧国金朝存史，所想所看所感所叹的多是"行殿幽兰悲夜火，故都乔木泣秋风"之类的凄凉，诗家并没有与国家百姓一同真正走过那段血雨腥风的岁月，诗书情怀最多属于个人感受的苦痛，所以赵翼的诗用在元好问身上恰到好处，套在杜甫身上则感觉如同马鞍子套在牛背上，无论如何不合适。

…………

汽车缓缓驶进了林芝市。

"请为父老歌"

　　林芝是以桃花著称的地方，可惜我们来到时正是秋天，与桃花无缘。不过，林芝没有桃花的季节也很美，喜马拉雅山脉与横断山脉在林芝对接，恰好在面向印度洋的东南方向开留了一扇窗口，印度洋的暖流顺着雅鲁藏布江溯江而上，造成林芝温暖湿润的气候和大片大片的森林。林芝市区不大，却很繁华，伴随着浙闽一带的商人和资金流入，初级农产品加工、旅游等行业呈现了迅猛的发展势头，大小宾馆饭店都住满了游客和寻找商机的年轻人。

　　林芝到拉萨有近四百公里高速，沿着尼洋河谷，一边拉扯着南方电网的高压变电线路，穿山越岭，为高原带来了信息交通物流的便利和光明。中途我们游览了巴松措景区，区内圆形太空房、热气球、游艇，包括专供抖音的个性演唱平台，通过技术辅助，无论是谁，即使破锣嗓子也能唱出韩红、腾格尔的效果。我偶然看到景区内百姓发明的水流冲击转经筒的设置，很简单的几件机械组合，竟让那座硕大的经轮日夜不停地转动，很是别具一格，科学技术已经植入了人们的信仰，着实让人愕然。沿途所见许多年轻人，包括僧人都在玩无人机航拍和直播，兜售高原的蓝天白云、青稞、牦牛和格桑花，景区的宣传片奇异大气，即便放在纽约时代广场播放也毫不逊色。这次进藏发现不仅基础设施有很大改进，接待娱乐设施也有很大改观，环境住宿条件都不亚于北京、上海等一线城市，许多新城拔地而起，几年时光就焕然一新。

中国正在开拓一条不同于西方的现代化道路。

…………

日本学者滨下武志坦陈："所谓日本近代史即为日本要夺取中华世界的过程。"那么靠什么夺取中华世界呢？

尼采曾经说过："从一个人的灵魂中抹不掉其祖先最喜欢和最经常做的事情。"这句话用在日本确实恰到好处，·日本明治时代无非沿袭了其祖先最喜欢、最经常做的事情，"维新"出的还是日本传统的国家构成原理和逻辑。

日本明治维新，首先要解决的问题是如何给已经神化的天皇找个适当位置，天照大神及其子孙显然不宜安分守己地待在日本列岛上，按照一般凡人的理解，太阳能照耀的地方，都应当合理地成为天照大神及后裔的土地，如此才能为天皇体制合法性在文化根源上找到一个自圆其说的理由；再一点，从日本历史逻辑上看，大凡统一日本后，总要走向对外扩张的路，这是祖上最喜欢、最经常做的事情，明治维新一开始就自然而然地确定了征服中、朝的国家战略和国家意志，维新其实就是围绕这一战略构建对外扩张体系的过程。当然，确定这一国家战略，政府内部还是有争论的，争论的不是这一战略本身的是非曲直，而是开战的时机的选择。维新之初，一方认为应马上征朝；一方认为时机不到，小不忍则乱大谋，征外应当先安内，更重要的是选择一个"文明"的借口。福泽谕吉等人不失时机地写了《文明论概略》《儒教主义》等一系列文章，认定"古代的儒教主义已不适合当今的时代"，"当今世界各国，无论它是处于野蛮状态，还是半开化状态，若要谋得本国文明的进步，就必须以欧洲文明为目标，确定其为评价的标准"。他们心目中的"欧洲文明"究竟是什么样的目标呢？其实就是对外殖民扩张，扩张占领的土地越多，杀人越货越多，"文明"程度自然也就越高。

恰在这时发生了琉球渔民被杀害的事件。

琉球国历史上是一个独立国家，但是一个小国，明清两朝均奉中国为"正朔"，与日本也有一定的朝贡往来，只是在16世纪末，统一日本的丰臣秀吉曾一度打算灭掉琉球，致使琉球一直提心吊胆，小心翼翼地维持着与日本的似近似远的交往，以及与中日两国间的平衡。

1870年，中日两国就此事进行了谈判。1871年签订条约，只是暂时没有换文；也就在同一年7月，日本天皇下诏"废藩立县"，此后强迫琉球国王接受藩王称号，开始实施吞并琉球的计划。为此，日本费尽心机，在外交上绕了一大圈以达到目的。

1873 年，日本派外务卿副岛就琉球渔民被杀一事来华交涉，清政府很是纳闷，回称："二岛俱属我土，土人相杀，裁决固在我，何预贵国事？"副岛一时无言以对，只得打道回府，以后发现清朝的答词中有"生番化外，我政府未便穷治"这句话，如获至宝，认定清朝所说"生番"就是野蛮人，把无主野蛮的人民变成文明人民，是文明国家的权利和义务。这个任务首先应由清朝承担，现在清朝自愿放弃这一任务，那么下一个承担这一任务的国家，从地理位置上来说就是日本。日本征讨台湾，使其沐浴文明教化，是文明国家义不容辞的任务，是国际公论所允许的事。可见日本从明治维新开始不仅全盘接受了西方殖民主义理论，还变本加厉地发明了一系列新的概念，把对外侵略愣是说成"文明与野蛮，光明与黑暗之战"。

1874 年，日本聘请美国外交官李仙得赞助策划，组织了 3658 人的军队，还租用美国花旗公司"牛也克"号轮船运送日军；出发前就成立了"台湾藩地事务局"这么个政府机构，浩浩荡荡开进了台湾，登陆上岛，烧杀劫掠，干了不少坏事。此时，清朝尽管已近风烛残年，还是派福州船政大臣沈葆桢率军赴台，拉开架子准备跟日军干上一场。然而，就在这个节骨眼上，美国换了个新公使，公使乍到，总觉得这事与《威斯特伐利亚条约》规定的准则不符，但又碍着李仙得亲自筹划的面子，便和英、法公使一起出面强压清朝签订了《中日北京专约》，不仅要了中国 50 万两银子，还在专约里强行写上了"台湾生番将日本国民杀害"的字样，毫无根据地把"琉球渔民"写成"日本国民"。《中日北京专约》签订的当年，琉球国的管辖权便从日本外务省移交给了内务省，5年以后，撤藩置县，改名冲绳县。

日本明治政府开始仅仅5年，便尝到了"文明"的甜头，同时也验证了"维新"确立的国家战略和国家意志的可行性，于是便在征台的第二年，制造了"江华岛事件"，拉开了侵朝、中及东南亚的战争序幕，时间长达70年之久。蒋百里先生著《日本人———一个外国人的研究》一书，曾把日本自明治维新以来发动的历次对外战争列过一张图表，根据他的统计，截止到1937年"七七"卢沟桥事变以前，日本已经侵占超过自身固有领土8.2685倍的邻国土地，具体可见表1。

表1　日本占领邻国土地面积

	总面积/平方英里	占领年份	
日本本部	14327.2		
台湾琉球	13889.8	1895	（中日马关条约）
库页岛南半部	13934.2	1905	（日俄朴资茅斯条约）
辽东半岛	1435.6	同上	
朝鲜	85228.1	1910	（正式吞并）
东三省	363700	1931	（强占后制造伪满）
热河	740000	1933	（强占后并入伪满）

　　注：此表摘自蒋百里《日本人———一个外国人的研究》，不包括1919年日本占领德国在太平洋的殖民地面积。

国民党内日本通戴季陶早年留学日本，后任孙中山先生秘书，1927年，他写了本小册子——《我的日本观》，其中说："根据我的研究结论，日本所有对中国的侵略政策，并不是哪一个日本人独创出来的……全部责任是在日本建国的主义上，在日本统治者阶级的思想上，在日本政治社会的组织上。可以说对华战争是他们的立国理念。"正是在这一国家战略和国家意志指引下，早在1879年，日本陆军就策划了《对清作战策》，以后不断修订，1887年，日本陆军参谋本部小川又次局长制定《清国征讨策案》，再次明确的战略方针是："趁中国还没有觉醒，断其四肢，伤其身体，使其不能活动。"正式把肢解中国作为日本国家战略，开始从地理地形勘探、航空地理模型制作、兵要地志、交通水文、气象民情，以及不同区域作战方案大纲、分步实施的战略计划等方面入手，进行情报搜集和战争准备工作，并且明目张胆地着手培植亲日势力和情报搜集人员；同时在国内加快扶植大财团建立造船、航空、钢铁、化学及各种武器生产的企业，建立起对外扩张的军国体制，还把这一体制披上了一件"民主宪政"的外套。

1889年，日本公布了《大日本帝国宪法》，该法独创了"主权在君"的原则，与世界各国宪法相比，有几个截然不同的显著特征：第一，它不是议会集中民意制定的，而是天皇"下赐"给日本国民的。第二，宪法的目的不是限制天皇权力，而是用宪法保障天皇绝对权威，宪法规定了天皇在日本国家政治、军事、法律和精神上至高无上的地位和绝对权威，是国家意志的标志和核心，是民众与国家一体的象征，甚至还规定了天皇有超越宪法本身的权力，如政府内阁不对议会负责，只对天皇负责；国家军队不归国家所有，而是天皇的私人武装，称皇军，任何人不得插手；等等。第三，天皇所有的敕令，内阁大臣必须副置。第四，天皇还有限制内阁会议的权力，包括统帅皇军、制定外交政策、任命内阁成员、授予庆典等，议会名义上是立法机构，有立法权，但没有公布法律的权力，公布法律是天皇的事，天皇实际掌握制定实施法律的权力。第五，该宪法既然是天皇"下赐"的，那么除非天皇下达敕令，任何人任何组织不准改动。这是自古罗马人创造法律以来最具特色且独一无二的法律，也是日本确立军国主义体制的标志。

当然，日本一些学者强调明治宪法客观上还是有些立宪政治成分，如赋予臣民在法律范围内有一定的言论、集会、结社、著作、通信自由，有居住及迁徙自由，等等，应当说日本头部宪法在一定程度上给了人民些许自由，如"版籍奉还"；保障契约自由和私人财产所有权；允许百姓拥有自己的名字，允许不同社会阶层的人员通婚；实行统一的法律，废除武士杀人无罪这样明显无理的法律，废除武士俸禄制度、经济特权；禁止人身买卖，发展近代实业，等等。同时也应看到，有些规定只是文字表述上的让步，现实生活中很难执行，例如神道教立为国教，已经对臣民义务作出规定，该宪法又加上严格的限制条件，如在不妨碍安宁秩序、不违背臣民义务的前提下，有信教自由云云，也就是说你只能在信仰神道教、履行神道教规定的各项义务的前提下，才能"信教自由"，那么，可以设想宪法规定的这个自由还能剩下多少呢？更重要的是，这些让步不是为了催生公民意识，不是为了日本人民的长远利益，而是学习西方民族国家理论，构筑带有种族主义色彩的皇国意识，其目的正如天皇《教育敕语》中所说："一旦有缓急，则应义勇奉公，以辅佐天壤无穷之皇运。如是者，不独如朕之忠良臣民，亦足以显扬尔祖先之遗风焉。"

明治维新期间，许多生活在日本的西方人记述日本的变化，一个西方人这样写道："……你必须认识到，不到十年之前，日本人生活在类似于我们的骑士时代，以及中世纪的封建制度之下，有僧侣、行会、普世的佛社等。但是，几乎在一夜之间，通过一次飞跃，日本正在力图跨越欧洲500年的发展史，在一瞬间吸收西方文明的最新成果。因此，这个国家正在经历一次浩大的文化变革——这变革如此快速并且深刻，'演化'已不足以描述这一变革了。"

许多学者，包括东西方学者也都看出日本"文化变革"似乎有些不太正常，变革的动因十分可疑，似乎内因只是推动文化变革很小一部分，更多的动因恐怕是来自列祖列宗的遗愿，无论怎么说，这场文化变革的确变出了"三个日本"，或者说日本人的多重人性。在西方人眼里，日本人勤奋好学，办事认真，彬彬有礼，毕恭毕敬；在日本人自己眼里，他们忠义奉主，视死如归，威武无比，还和蔼可亲；在中国及亚洲各国人眼里，日本人不但阴鸷狂妄、尖酸刻薄、唯利是图，还嗜杀成性。

英国驻日本公使米特福德在《旧日本的故事》里记载了他经历的一件事，起因是几个西方人与一小队日军相遇，洋人有意无意地扰乱了正在行进的日军的队形，双方发生冲突，相互砍杀，日军人多势众，洋人一死二伤。这下洋大人不干了，要求赔偿并严惩凶手，这才有了泷善三郎在洋人面前剖腹的一幕：

> 我们（七个外国代表）应邀跟随日本验尸官进入两人要执行仪式的寺院正殿，那是森严的景象。正殿的屋顶由黑色的木柱支撑着，非常高。从天棚上悬垂着大量寺院所特有的巨大金色灯笼和其他装饰。高高的佛坛前面，地板上安设了一个三四英寸高的白色榻榻米，上面盖着猩红的毛毡地毯。间隔不远放着的高高的烛台发出了幽暗神秘的光线，刚好足够看清楚整个处刑的过程。七个日本验尸官坐在高座的左边，七个外国人坐在右边。此外别无他人。
>
> 在不安的紧张中等待了几分钟之后，泷善三郎身穿麻衣礼服走进了正殿。他 32 岁，器宇不凡，身材魁梧。

由一个断头人和三个身穿金穗饰边的无袖罩衣的官员陪伴着他。必须知道，所谓断头人这个词，并不同于英语的 executioner（行刑人）这个词。这是个绅士的任务，大多数情况下是由罪人的亲属或友人来执行，两者之间与其说是罪人和行刑人的关系，毋宁说是主角和服侍者的关系。这一次，断头人是泷善三郎的弟子，由于剑术高超，就从他几位友人中被选拔出来。

泷善三郎，左边跟着断头人，两人缓步走到日本验尸官那边，一起向验尸官行礼，然后转向外国人这边，以同样的甚至恐怕是更郑重的态度，行了礼。每次都报以恭敬的回礼。泷善三郎静静地、威严地登上了高座，对着佛坛跪拜了两次，然后背向佛坛跪坐在毛毡地毯上，断头人则蹲在他的左侧。三个陪伴人中的一个，很快就把用白纸包着的胁差放在三宝（一种向神佛上供时用的带座的方木盘）上，走到前面。胁差就是日本人佩带的短刀或匕首，长九寸五分，刀尖和刀刃像剃刀一般锋利。这个陪伴人行了礼后就递给了罪人，他恭恭敬敬地接过来，用双手将它一直高举过头顶，然后放在自己面前。

又一次郑重行礼之后，泷善三郎，他的声音显出痛苦招认者可能带有的感情和踌躇，但神色、举止却没有任何变化地说道："我，就我一个，鲁莽而错误地下达了向神户的外国人开枪的命令，而且看到他们要逃跑时又命令开枪。我对此谨以切腹谢罪。请在场诸位检验一番，劳驾了。"

再次行礼后，泷善三郎把上衣脱下一半，裸露到腰部，为了防止向后仰面倒下，他小心地按照惯例将两个袖子掖进膝盖底下——这是因为高贵的日本武士必须向前俯身而死。他不慌不忙地拿起放在面前的短刀，好像恋恋不舍深情地注视着它，看来暂时在集中临终的念头，但很快便深深地刺入左腹，慢慢向右拉，再拉回来，稍稍向上切开。在这非常痛苦的动作中间，他的面部肌肉一动也不动。他拔出短刀，身子前倾，伸出了脖子。痛苦的表情这才从他的面部一掠而过，但他一声不吭。直到此时，一直蹲在一旁静静地注视着他一举一动的断头人，不慌不忙地站了起来，瞬间举起刀，刀光一闪，咔嚓一声，人头落地，身体轰然倒下。场上一片死寂，只听见从我们面前的尸首内汩汩流血的声音。这个尸体的主人片刻前还是个勇猛刚毅的男子汉啊！太可怕了！

断头人深深鞠躬，取出预先准备好的白纸把刀擦干，走下榻榻米。那把血染的短刀作为行刑的证据被庄严地拿走了……

这件事，英法等国和日本都有记述，来龙去脉说法不同，在外交使团面前剖腹行刑的场景大致相同，但对此事的

回望中原——一段捡读历史真相的心路

认知解读则相差甚远。西方洋人认为，日本人严于律己，诚信守法，知错善改，是最有诚意的学生；日本人认为，泷善三郎忠勇体国，威武献身，让外国人见识了日本独有的武士道精神，侠肝义胆，为日本争得了面子尊严。当然，此事不涉及第三方，无法推测其他国家百姓的心理解读，不过需要说明的是，剖腹不是自杀，更没有"谢罪"的意思，日语中"切腹"，或"腹切"，与自杀的专门名词"自害""自杀"，含义不同，剖腹只是一种仪式，是一场交易的结果，它所彰显的是靖国神社里供奉的精神，至于说举行类似仪式的目的则各不相同。

…………

临近拉萨，便见长长的车队等待防疫检查，其实，自从进入云南就赶上新冠肺炎疫情紧急状态，走不远就会遇上卡点，出示健康码、填写身份证、留下联系方式等一系列烦琐程序，对于这些强制性的措施大家也没有什么想不通的，毕竟人类还没有找到免受这种高传染性病毒侵害的有效手段，只能采取物理隔离的措施，尽管不能说它是唯一的方法，但确是有效的方法。一路上众多好友也一直在争论，焦点是病毒究竟是人为的，还是自然界进化来的。根据达尔文进化论，自然界需要提供哪些环境条件才能进化出如此"智能"的病毒？为什么病毒总能跑在人类防治技术前面？显而易见，科学确有局限性，迄今为止人类发现的那点可怜的科学知识根本解决不了自身问题，从宇宙大的方面讲，地球、月亮及整个太阳系为什么悬在空间而不会相互碰撞；从微观上讲，新冠病毒仅仅是包裹着一层脂肪的蛋白，扰动得整个世界都不得安宁，人类真的没有任何妄自尊大的理由，尽管人类自认是这个星球上唯一有理性智慧的生物，但在这个人类肉眼根本看不见的病毒面前，几乎是束手无策，是人类观念错了，还是人类自身错了呢？

现代化包括工业物资的现代化和人的现代化，用马克思的话说是人的全面发展。长期以来人们有一个误会，把现代化等同于西化，西化本质是一种意识形态，是西方世界的生活方式，西化与现代化应当是两个概念。

西藏现代化有着特殊的意义，那就是在不同于西方文化前提下，实现了高原工业科技和人的现代化，仅就这一点讲，肯定对广大未进入现代化的贫困地区而言，有着深刻现实的示范意义。

同车一位好友介绍说，从 1951 年西藏和平解放到现在，西藏人均寿命从 35.5 岁提高到 72.2 岁，儿童受教育率从不足 2% 到适龄儿童全普及，按可比价格计算的 GDP 增长近 340 倍。可以说自从人类有了经济统计数据，还没有见能出其右的发展速度，一二十年以后，欧洲人也会来学习现代化建设经验。

…………

"车停一边！调出你的健康码、核酸检测码、行程码！"

我急忙冲着在高原强烈的阳光下，面目黢黑、声音沙哑的民警笑笑，他却瞪大眼睛冲我又吼一声："快点调出来！"

…………

汽车开进拉萨已是傍晚时分，我望着一串闪动的车灯，突然想起美国历史上首位连任四届总统的富兰克林·德兰诺·罗斯福说过的一句话："人类有时不能只保护自己的家园，还要保护我们的信念和人性，否则我们的教堂、政府乃至文明都将失去根基。"罗斯福是中国抗日战争期间家喻户晓的人物，世界反法西斯战线领袖之一，他的这番话显然是针对已经丧失了人性或文明基础的轴心国说的，日本明治维新在获得工业、科技和财富的同时，失去的正是人类文明的基础和人性。

靠什么夺取中华世界

　　一连奔波十余天，国庆中秋双节本打算休息一天，后来还是去了西藏三大圣湖之一的羊卓雍措。

　　去羊卓雍措需要翻越一座五千多米的山口，路窄坡陡，还有 28 公里限速 30 公里/小时的测速路段，虽然早上 7 点多就出发了，但赶到湖边已是中午 11 点多了。

　　羊卓雍措，藏语意思是"山上牧场的碧玉湖"，湖水平面海拔 4441 米，流域面积 6100 平方千米，环绕在雪山牧场之间。站在湖边极目望去，清澈碧绿的湖水与蓝天相映，一边绵延不绝的黄色山峦连接着巍峨的雪山，山下镶嵌着一条蜿蜒起伏的小路，通向那五彩斑斓的"尼玛"和寺院，在耀亮的阳光下，绚丽辽阔，风光独特，景色真能醉人。

　　湖边那条善男信女转湖朝圣踏出的便道，时隐时现地连接着远方的群山，望着那三三两两转湖群众匍匐前行，似乎毫不费劲，让人生出一番冲动，这里在海拔 4500 米左右的雪线以上，根本没有树，只有枯黄小草铺盖的山岗，我下去试着走了一段，便大口大口地喘气，不得不坐了下来。开始我一直对当地群众转山转湖不甚了解，明明信的是佛祖，为什么把这山山水水都佛化成了朝拜的神呢？清代袁子才曾有诗："江山也要伟人扶，神化丹青即画图。"他写的虽是杭州，但用在此处则更有深意。

说到佛教，无论是藏传，还是大乘小乘，信的佛祖都是释迦牟尼，现在有一门专门研究释迦牟尼初创佛教的学科，叫佛祖史料学。据他们多年的潜心研究，大致可以弄清如下事实：原来人们都认为，释迦牟尼是一个王子，生活环境条件十分优越，他为了寻找普度众生的方法，毅然放弃了继承王位的生活，自愿去吃苦修行，磨炼自己，终于在菩提树下悟出了真谛，得道成佛。这些学者们发现，当时印度一般村庄都称"国"，释迦牟尼所住的"国"只有一千多人，父亲虽然是"国王"，但这个称"国"的村庄实行的是共和制，"国王"要选举产生，"国王"的孩子并没有自然继承国王王位的权利，更重要的是那些"优越的生活"是无证可考的。当时印度人有一个传统习俗，即把人生分为三个阶段：少年到成年是接受教育阶段，成年到中年是劳作奉献阶段，老年是觉悟人生阶段。释迦牟尼离家出走正好符合他这个年龄段的行为，悟道修行是他人生的必修课程，当然这样说并不妨碍他的伟大和智慧，他创造了一个世界上信徒最广的宗教。

记得佛祖释迦牟尼圆寂前曾有一段与信徒的对话，信徒问他："你是神吗？"

释迦牟尼摇摇说："不是。"

"你是超凡脱俗的天仙吗？"

释迦牟尼还是摇摇头说："不是。"

信徒又问："那么怎么称呼你呢？"

释迦牟尼说："我是佛，就是觉悟了的人。"

从此有了人间第一个佛和佛教，传说释迦牟尼生于公元前565年的古印度北部迦毗罗卫国（今尼泊尔境内），姓乔答摩，名悉达多，生活安逸，相貌出众，16岁便娶妻生子。自从他看到一位风烛残年的老人、一位病入膏肓的垂危病人、一位已经死亡的人和一位捧着饭钵剃度的僧人后，便决定剃度出家，寻找证悟。他先是求学于印度教大师，后又加入一群苦行者队伍，这让他差一点丢掉宝贵的生命，迫使他不得不寻找新的方向去思考和专注解脱道。在一个满月之夜，他立誓，不得证悟不再起身，那一夜经历了多少恐吓引诱和疑问迷惑，成了无数信徒最大的追问。清晨时分，天上飘落无数的花瓣，乔答摩觉醒了，他通过实践、苦行、悲悯、冥想转变成了佛，进入涅槃之境。在接下来的40多年里，他创立了僧侣教团，坚持说教传道，大慈大悲，他的教诲对于每一个苦难轮回的生命都是一种希望和祝福，"走吧！这里有一条结束苦难的路"，那就是依靠自己，也只有依靠自己，才能达到任何高原山川的最高峰。他用非凡的一生，为后世创造一个人人可以成佛、人人可以达到释迦牟尼觉悟水平的宗教——佛教，也是世界上绝无仅有的无神论宗教。

佛教徒相信，佛教就是跨越人生河流的航行，无论是大乘小乘，还是藏传密宗，只是渡船工具的差别，目标都一样。开启这段航行有两个很有趣的理论支撑：一是生命永恒，重生转世。佛陀认为，生命如同大海里的波浪，虽然每一朵浪花最终都要消失在岸边，但它们是一波又一波，永无止息。二是因果报应，生命无常。佛陀说：生命是个旅程，死亡是落叶归根，宇宙像个旅馆，过去的岁月犹如尘埃。生命是肉体的"堆"，每个自我都是"一集"，从生命到生命之间有一根"因果报应"的链条，生命的目标是"涅槃"，"涅槃"也可以认为是无限生命的自身，至于"涅槃"究竟是什么，佛陀坚持说：它"不可理解，不可描述，不可想象，不可言说"。

佛陀悟道后，直奔圣城波罗奈鹿野苑，开始了他第一次传道，所讲内容后人称为"四圣谛"。"苦"是第一圣谛，当然，佛陀时代知识和物资都极端匮乏，当时人对苦的理解与现代人完全不同，当时不是没有美好时光，而是享受美好时光的只有很少很少的人，享受也只是在肤浅的层次，对大多数人而言"正如一阵风一样，凡人的生命皆是如此：一声呻吟、一声叹息、一阵风暴、一场争斗"。佛陀认为，这样的"苦"是不能重生的生活，如同骨头脱了臼，是生命错了位。第二圣谛指出错位的起因就是自私的欲望，苦难正是由满足自私欲望、牺牲他人利益招致的。找到这个根源，第三圣谛就是告诫人们要从自私自利的狭隘囚禁中解脱出来，因为人是社会的人，生命的法则要求把他人视为整个社会生命的延续，只照顾个人或极少数人的生命，是无法进入宇宙生命循环系统的。第四圣谛讲述了通过"八正道"走出囚禁困境的途径，"八正道"即：正见、正思惟、正语、正业、正命、正精进、正念、正定。

佛教与世界上其他宗教，尤其是当时的印度教有着显著不同的特色，却与中国甲骨文明和老庄哲学有契合之处，这也成了佛教能够在中国广泛传播的主要原因。

佛陀出生与入灭的具体时间已不可考了，相对确定的是他有 80 岁的世间寿命，出生在当时的迦毗罗卫城，多数学者认为他出身于刹帝利种姓，当时印度社会已分为四大等级，印度教圣书《摩奴法典》将印度种族等级的起源归于梵天身体的四个部分，即婆罗门出自梵天的口，主持祭祀，掌管神权，是精神的统治者；刹帝利是梵天的双臂，掌握政治、军事权力；吠舍是梵天的双腿，主要从事农牧、工商业；首陀罗是梵天的双脚，即奴隶、杂工、仆役等。印度教认为，前三个等级的人可以获得"再生"，首陀罗没有"再生"的权利。但随着阶级分化和社会分工的发展，在原来四个等级基础上又分化出许多亚等级和大批的"不可接触者""贱民"等，佛陀的出身多数学者认为是刹帝利，包括佛陀那个时代人也这样认为，少数人认为是婆罗门，还有学者考证是黄种人的亚等级，印顺法师考证，有婆罗门曾称释迦牟尼为"领群特"（意思是"吠舍离人"）。不管怎么说，佛陀本人主张"众生平等"，反对种姓制度，反对血统天赋遗传的假说，坚持认为众人皆可"再生"，男女一样可以悟道，他创建佛教的目的只是"普渡众生"，打破婆罗门对宗教的垄断。

佛陀在世时，顶住众生要求封神的压力，多次强调：那些试图创造奇迹的人不是我的门徒，佛教是一种没有超自然力量的宗教，是经验性、科学的宗教，没有权威，高度依赖个人努力，"不要找外在的避难所，努力实现你自己的救赎"。

佛陀认为，人生道路的尽头应当是"涅槃"，"涅槃"就是个人欲望完全烧尽、一切限制无限生命的障碍完全扫尽，进入无我的状态，如此才能从自私的欲望中解脱出来，到达生命的最高境界。

…………

"你能解释一下什么是'空'吗?"

我望着遁入佛门、出家多年的老同学，他清秀飘逸的脸上一双很有定力的大眼充满了期待。

"噢，这可不是我这等俗人凡夫能回答的问题，大概只有涅槃后才能知道什么是'空'，无论你用现代物理学、地理学，还是天文学、哲学，恐怕都解答不了佛祖'空'的概念，'空'只能自己去悟!"我赔个笑脸，急忙又补充一句，"好像不同的人、不同的境界、不同的觉悟能有不同的认知和理解?"

老同学转头望向群山，小声自顾自语道："有道理，不要诉诸推理，不要推论，不要辩论，只能自己知道。"

"佛祖伟大之处就是保持沉默，他只是微笑，像你刚才提到的'涅槃'，佛祖并没有明明白白下个定义，我猜测他就是用微笑去启发众生，给人自由，让每个人努力去自悟自证，这与中国的'道'颇有雷同之处，大概都是一个追问的过程，二者应当有类似的含义。"我试探着说。

　　"中国历来就有老、庄解佛的传统，'天道'或者'道'，与'涅槃'还是有所不同，一个重在入世求索，一个重在出家证悟，不知你……"

　　"入世、出家大概都能涅槃，现实生活中'涅槃重生'我没把握说见过，暂且不论，历史上'涅槃重生'的人肯定有。"

　　"嗯?"老同学瞪大眼睛盯着我。

　　"佛教界诸如历史上的石头希迁、马祖道一、梅花尼等，我了解不多，不知算不算'涅槃重生'，但俗世间，杜甫应该能算一个吧?!"

　　"……"

　　"我一直在想，如果把杜甫仅仅归于儒家仁政思想，依旧用忠君爱国去衡量他，恐怕不足以体现他真实的思想和情怀。年轻时，杜甫确有忠君报国的志愿，写过多篇奉承拍马当朝官府的大礼诗篇作为入仕的敲门砖，期以继承祖上'奉儒守官'，'致君尧舜上，再使风俗淳'的素业。许多人把这些话当作他终身的抱负，把历史和杜甫看得太简单，即便是年轻时的杜甫，对大唐儒家仁政思想的内在逻辑矛盾也有过深深质疑，不然写不出《自京赴奉先县咏怀五百字》这样充满矛盾心理的诗篇，'穷年忧黎元，叹息肠内热''朱门酒肉臭，路有冻死骨'等等，字里行间无不透出对现实的愤慨和质疑。安史之乱让他不光看到了国家堕入深渊，人民遭受的苦难，他还发现造成这些苦难除了叛军之外，还有更重要的原因。他因上书为房琯求情被贬华州后，也曾有过'无才日衰老，驻马望千门'的惶恐，他到哪儿寻找心灵支柱？

　　"杜甫生于河南巩县，但少时在洛阳姑姑家生活过很长一段时间，他姑姑是位虔诚的佛教徒，这对他有深远的影响，说他秉具佛缘、倾心参禅礼佛一点儿不为过。杜甫25岁时游龙门奉先寺，晚上住在寺院大概一夜没睡，'欲觉闻晨钟，令人发深省'。静听虚籁，深省佛理。很可能杜甫就是在被贬华州后重新找到了佛，'更欲题诗满青竹，晚来幽独恐伤神'。是年底，杜甫回洛阳探亲，目睹疮痍故里和人间无穷的灾难，决意'为父老乡亲歌'，创作了不朽史诗'三吏''三别'，为什么老妇不顾自身安危，执意替夫从军？为什么杜甫能用新娘的口吻写出新婚别？为什么杜甫竟公然教唆潼关吏'请嘱防关将，慎勿学哥舒'？等等，如果仅仅从字面上了解这组诗，体会不到其中天崩地裂的震撼，只有了解了当时的时局、制度风俗和创作背景，才能体会他的悲愤和勇气。他不但深深地感受了人民离乱的痛苦，还感受到了时代的责任，但失去了居儒行仁的条件，只能发挥自己所长，去寻找佛陀所说的'受苦和结束苦难'的路。杜甫大概信仰的是净土法门，为增上缘，往生净土，把人民的呼声作为自己的誓愿，铸成诗史，不是'国家不幸诗家幸，赋到沧桑句便工'，而是'国家不幸诗人痛，刻骨通灵句方工'。自此以后，杜甫诗风不变，由沉郁顿挫、筋骨老熟，到由色悟空、超尘天外。"

老同学似乎摇了摇头，笑笑。

"噢，用咱们佛门的话说就是慈悲洒脱了许多。"见他仍旧专注地盯着我，便继续道，"杜甫自从辞去公职后，大部分时间生活或是寄人篱下，或是颠沛流离，或是泣饥号寒，'痴儿不知父子礼，叫怒索饭啼门东'。一家人都跟着他受苦，即便如此，他依旧虔诚礼佛。在逃难途中，路过秦州麦积山，他写了《山寺》；以后又写了《凤凰台》，托物言志，直接引用佛祖故事中的舍身精神，称愿为'再光中兴业，一洗苍生忧'献出生命，这时候他想的还是天下；在成都写了《茅屋为秋风所破歌》，'安得广厦千万间，大庇天下寒士俱欢颜，风雨不动安如山。呜呼！何时眼前突兀见此屋，吾庐独破受冻死亦足'，这个境界已到大慈大悲了；杜甫在梓州写了《望牛头寺》，直接表达对禅师佛法的向往和修禅的愿望，'传灯无白日，布地有黄金。休作狂歌老，回看不住心'。可以说此时杜甫已经具有空灵禅心。以后他到四川夔州，写了《又呈吴郎》，开篇交代的就是'堂前扑枣任西邻，无食无儿一妇人'。告诉吴郎，千万不要在两家之间修篱笆，'已诉征求贫到骨，正思戎马泪盈巾'。杜甫即将走投无路，但心里依旧装的是大唐乱世和走投无路的百姓。去世的前一年，杜甫在潭州写了《岳麓山道林二寺行》，此时杜甫一家真正到了上无片瓦、下无立锥之地的困境，一家人居船漂泊，饥寒交加，'亲朋无一字，老病有孤舟'，生活几近绝境，但若真能读懂这首诗的话，你可以看出杜甫内心其实充满了喜悦，他知道生命已是风烛残年来日不多，仿佛看到了佛经里描述的天堂国土，'莲花交响共命鸟，金榜双回三足乌。方丈涉海费时节，玄圃寻河知有无?'至于过去向往的那些仙境是否真实存在，对杜甫来讲已经无所谓了，他践行'八正道'，已经渡过了人生那段长河，到达涅槃的彼岸，现实世界'一重一掩吾肺腑，山鸟山花吾友于'。物我两忘，死亡再也不是生命的终结，生命将是无尽的未来，现在唯一要做的是转过身去回望来路，色即是空，空即是色，杜甫要将自己的感受留给等待渡河的人，毕竟'宋公放逐曾题壁，物色分留待老夫'。宋之问题壁寺院，终究没能上岸，随波逐流，消失在历史的旋涡里，把说明真实世界的物色留给了老夫。杜甫知道，他的生命已经成了这片土地上的片云天远、春雨江风，一定会与这里的人们一起会当凌绝，重攀盛世，成为塑造民族博爱精神、建树家国情怀的一部分。只有从中华文明的高度才能理解杜甫的意义。

"杜甫一家于公元768年孤舟出峡，到公元770年冬，杜甫又冻又饿，去世在这条小船上，一共写了近100首诗，许多都是长篇评论或史记绝唱，如《登岳阳楼》《入衡州》《逃难》《风疾舟中，伏枕书怀三十六韵，奉呈湖南亲友》等，其中《入衡州》开篇就指出'兵革自久远，兴衰看帝王。汉仪甚照耀，胡马何猖狂'。不是说儒家仁政理论不可行，而是帝王未能得道守道，如果从玄宗开始，到肃宗、代宗，'侯王得一以为天下正'，安史之乱就不会发生，不要把行仁的唯一希望寄托在帝王身上，这才是他的未尽之意。杜甫之所以冒着风险写下这些诗篇，完全是为了结束世间苦难，结束这场悲剧，使国家民族重攀盛世。所以读懂杜甫才能理解佛陀的启悟和智慧，才能懂得儒家真正的仁政，才能看清楚中华文明自甲骨刻字一直传承至今的真正原因。"

老同学低头沉思片刻，抬头依旧紧紧地盯着我。

我简单地梳理一番自己的观点，继续道："我为什么把中国传统的甲骨文明与佛教联系起来，而没有用儒家、道家去解释佛教，就是因为佛教在中国传播的基本条件是甲骨文明创造的，当然，儒家、道家也离不开这个基础，正因为有这个基础，我们站立的这片土地，成了佛陀许诺的莲花福地。

"佛教自汉朝传入中国，宣传的就是因果报应、善有善报、六道轮回、涅槃重生这些内容，而且是以民间百姓为基础，借助黄老释佛逐渐向上层延伸，没有隆重的仪式，没有依托权力贵族，自汉朝至今2000多年，从来没有在佛教界封过神，每个信徒通过四圣谛、五戒、八正道的修养，自己去证悟。

"我想多说几句，公元6世纪初，佛教和儒学一起传入日本，推古天皇的摄政圣德太子引进大陆先进文化，目的是强化国家的统一，镇护国家，开始只引进了经书，建造了世界上最早的木质建筑——法隆寺，直到唐朝扬州大明寺鉴真东渡日本，才把戒律传到了日本。日本引进佛教与中国有诸多不同，他们先是从上层开始推广传灯，中世纪武士阶层夺取统治地位，佛教开始在武士阶层传播，并有意识地推进'神佛调和'，指望着把佛教理论应用到对神道的信仰上，陆续在各地修建了神社、佛堂之类的场所，佛教与神社成了日本'国民宗教'，逐渐占据大量土地，从这一点看，佛教在日本一开始就是一种政治势力。再一点，日本传播的内容也与整个东亚地区大不一样，认为人不需要修行就能成佛，认为人本来就是佛，只不过人没有认识到这一点，人可以分阶段认识这一点；同时相信，人是有灵魂的，如果有人死于非命，他的灵魂就会作祟，带来瘟疫、火灾、雷劈等灾难，慰灵便成为佛教的主要职能，这些理论对日本佛教的异化产生了深远的影响。以后发展出了'两墓制''葬社佛教'等一系列特殊形态。由于认定人本来就是佛，所以无论人在现世做什么，有多少罪孽，死后都不用下地狱，地藏菩萨大慈大悲，一定会把死者从地狱里解救出来，只要由佛堂举办亡者葬礼，亡者就一定能走向佛的怀抱；又由于人们相信灵魂的存在，法事后就会把埋葬墓和祭祀墓建在不同的场所，就是两墓制，祭祀墓多在神社、寺院附近，逐渐演变成了'靖国神社''招魂社'之类的制度。再一点，由于相信人死后都可以成佛，这就为人间封神扫清了疑虑，据说第一个提出封神要求的是丰臣秀吉，他是日本历史上最具影响的人物，他以'天下人'的称号，结束了日本战国时代，统一了日本，接着便筹划要建立一个亚洲乃至世界最大的帝国，分步实施，先征服朝鲜，再征服中国，迁都北京，由他儿子坐镇，他则南下常驻宁波，指挥征服印度。这是16世纪最具野心和想象力的计划。

"公元1592年，丰臣出步兵14万，水军近万，分乘700余艘战船征讨朝鲜，结果被中朝联军打败。1598年，丰臣秀吉临终前道出应被当作神祭祀的遗言，死后第二年被朝廷授予'丰国大明神'的称号，并创立了丰国神社，把他建立亚洲大帝国的欲望留给了子孙后人。

"明治维新后，佛教成了日本神道教的补充，被允许恢复活动，进一步丧失道德内核。第二次世界大战期间，日本佛教界多数教派都支持日本对外扩张战略，打出'忠皇爱国'的口号，独创了一套'大道征服不道'的所谓教理，向日本皇军派遣随军僧，战地传'教'，熨灵安葬，慰问亡者家属，更有甚者充当间谍特务，日本军部最早大规模的派遣情报人员就是从僧侣开始，把佛门寺院当成据点等，完全丧失佛教的本质属性，成了日本战争机器的一部分。"

老同学沉思良久，说："你可以把这些写成剧本……"

我望着圣湖美景，心想，每个人的心中其实都有一份佛光缘起，能不能找到真正的佛，领会佛陀本意，单靠缘分远远不够，"不识庐山真面目，只缘身在此山中"，懂得人生，启悟自己，真的需要佛祖的般若智慧。

终极关怀的艺术

　　昨晚看大型实景历史剧《文成公主》（以下简称《文》），现场四周喧哗不止，对整个演出一直未顾得上细想，今天翻出录像再看一遍，还真是遗漏不少细节。

　　《文》剧属大型实景演出，演出主场地介于两个山谷、一架山岗之上，演出的第二场恰好在山岗间升起一轮明月，洒下一片朦朦胧胧的月光，配合剧情场境，演绎着1000多年前那场联姻的故事，真是别出心裁，再加上参加演出的演员有800多人，马队、牛车、羊群、狗狗等，场面恢宏，表演震撼，给观众带来时空跨越的意境，剧中充分利用了当地百姓比较成熟的传统歌舞形式，如"打阿嘎"之类的表演，有鲜明的藏族艺术特点；情节主要是从文成公主奉命和亲到与松赞干布相遇这一过程，一边顶风冒雪跋涉进藏，一边披星戴月兼程出迎，当然，文成公主的价值应当不是一场远方的爱情，而是把原来连文字都没有的高原各部落联盟带进了农业文明社会，以文化成天下，她和与她一起进藏的中原地区5500多名各类技术人员，把整个高原揽进华夏文明的怀抱。

《文》剧剧情虽然简单，但人物形象塑造、音乐舞蹈、月光照明、场景安排还是有不少新意，从传统艺术角度看的确下了不少功夫。创作任何一部作品都非常不易，因为它是一种社会存在，得考虑社会大多数人的喜好，想想让这800多人在不同的场景里定个位都是让人犯愁的事。

一般讲艺术的目的在于创造思想和美，美的基础是真实，虽说真实不会自然呈现美的表现，但没有真实一定会丧失艺术性。如何评价艺术的美则因人而异，少有异口同声，概因欣赏美必要有一定审美修养能力，不过有没有艺术欣赏能力都无碍作品的价值，只是高低之分；而创造思想是任何艺术的灵魂，没有思想的艺术或是精神概念的艺术，即便是一幅画、一首歌也没多少价值，注定流传不了。那么用什么创造思想呢？这就要从那个鬼才哲学家尼采说起，尼采大概算得上现代艺术的奠基者，他为此专门写过书，大致意思是：人生没啥意义，艺术或许能赋予人生一些意义。在这里他讲的大概是哲学范畴的艺术，不仅仅局限于音乐舞蹈、绘画雕塑等各业的艺术，他说的应当是一种信念；只有经过哲学反思的艺术生活才是值得人过的生活，他称为哲学的艺术或艺术的哲学。什么是艺术哲学？就是用新的观念创造艺术，用新的观念获得新的精神和思想，这才是艺术的本质。尼采不仅把艺术作为人活下去的诱因，还把艺术提高到拯救人类的高度，设定为整体生命的自救方式。尼采患病住院后，大学开设了专门讲述尼采思想学说的课程，结果可想而知，他的不幸反倒成就了他的理论，人们普遍接受了他的主张，艺术成了人们追求新的精神、新的自由、新的思想的实现形式。如果认同这个现代艺术的标准，就应当把作品的思想性放在第一位，再从这第一位的要求出发，就应把真实性列入衡量艺术创作优劣标准的范围，尤其是历史剧。千万不要误会！我不是谈《文》剧，更没有任何评论《文》剧的打算，咱们只说尼采。

…………

没有真实就不是历史，最多可以称作故事或演义，当然，完全恢复历史的本来面目不太可能，但至少要努力探索，用新思想、新观念去重新索解提炼历史上真实存在的人和事……

"我一定程度上可以理解尼采这个观点，人类文化需要不断拆解，不断重构，用尼采的话说就是不断破坏，不断创造，用现在时髦的表达就是去伪存真，守正创新。"我望了一眼会场上的一片窃窃私语和嬉闹玩笑，顿时明白了似我这样无名无位的小人物要想说服大家显然是不可能的，能够说服大家其实只需领导一两个字——"干"或"不干"。会场上偶然会遇上一两个期待的眼光，我便受宠若惊，很有热情地继续道："我把商纣王这个千古暴君搬上舞台，且作为一个较为正面的人物去塑造，当然做好了受批判的思想准备，我也真诚地希望诸位评论指点，不过这部剧之所以定名甲骨文，就是因为这部剧的场景和观点多取自出土甲骨的刻辞、青铜器的佐证，文献资料只参考了《尚书》的《牧誓》等很少的史料，有人说历史没有真相，只有认知，这话不一定对，真相当然有，可能还没有被认知，或是人不愿意认知。希望大家批评建议的论据最好也能依据甲骨文刻辞或是金鼎石鼓刻辞，除此之外，诸如历史文献之类后人写的文字资料最好不要作为论据。"

会场顿时一片鼓噪，很多人已经不耐烦了。

"大家说，大家说！"

…………

文献史料中为什么说《尚书·牧誓》较为可信？证据是它记载的某些细节，得到了1976年陕西临潼零口镇南罗村出土的西周早年青铜器利簋铭文的印证，当时发掘现场一共出土青铜器151件，其中有青铜簋1件，上面刻有33个字的铭文，大意是："武王征商，唯甲子朝，岁鼎，克昏夙有商，辛未，王在阑师，赐右史（有司，官名）利金，用作檀公宝尊彝。"可以看出武王征商是在甲子这一天的早晨进行的，岁星当空，突袭攻克商朝，成功后，武王在阑师这个地方犒赏三军，赐利金给了有司，有司用所赐的青铜铸做成簋，以祭祀他的祖先檀公。这件青铜簋铭文再结合碳样检测、甲子日木星中天的天象记录，最后计算出武王征商的具体日期是公元前1046年1月20日，印证了《尚书·牧誓》的记载，也印证了《尚书·牧誓》的真实性，这件不起眼的青铜簋被认定为"九大国宝"之一；《牧誓》是武王征商的檄文，记载了武王在攻商战前动员宣誓的内容，其中指控商王帝辛实质性的"罪状"其实只有三条："古人有言曰：'牝鸡无晨；牝鸡之晨，惟家之索。'今商王受，惟妇言是用。""昏弃厥肆祀，弗答。""昏弃厥遗王父母弟，不迪；乃惟四方之多罪逋逃，是崇是长，是信是使，是以为大夫卿士。"这一条好理解，用现在的话说，就是在治国理政方面重用妇女、奴隶和平民，不拘一格，而未用皇亲国戚和贵族，包括自己的兄弟。

"惟妇言是用"，应当是指商王帝辛采用了妲己的建议，有学者考证，妲己原是有苏方国奉献给商朝的"贡品"，谁也没想到的是，命运凄惨的妲己竟能逆天改命被帝辛迎娶为妻，并且是明媒正娶，一位卑微视角的人被迎进了王权政治的核心，巧的是她又赶上了一个男女无防的好时代，曾为底层平民的妲己对百姓与贵族犯罪不能同罪同罚或许感受颇深，口无遮拦地建议应同罪同罚，否则"罚轻诛薄，威不立耳"，意思是法律要有权威就应公平，否则人们不会遵守服从，劝说帝辛一视同仁，体现法律的公正。

"昏弃厥肆祀"，这一条争论较多，有学者认为是废弃了对祖先的祭祀；还有学者考证"肆"字有杀戮或较大规模的杀戮的意思，也就是说他废弃了带有杀戮形式的祭祀，考虑到当时代表王权的商王帝辛与代表神权的同父异母哥哥微子之间的矛盾，以上学者判断的这两种可能性都有。

"昏弃厥遗王父母弟，不迪；乃惟四方之多罪逋逃，是崇是长，是信是使，是以为大夫卿士。"大意是废弃同室同宗的兄弟不用，却对四方逃亡来的"罪人"情有独钟，信任推崇，任命为将军、大夫、卿士，这大概就是指任用了秦人飞镰、恶来父子等。

《牧誓》这三条指控应当说是商王帝辛最真实的"罪行"，然而放到现在看，这些全是文明进步的改革，如男女平等，只是到了现在才逐渐得以实现，而3000多年前的商朝，连男女界限都没有，可见中国历史曾经达到的文明高度，足以让不少现代人为之汗颜。商王帝辛的改革，折射出中国古代朴素民本思想，追求平等公正，是一次对自身的真正超越，比现代一些民主国家在很长一段时间内，在一定范围、一定等级、一定族群中实行的等级自由民主还要文明。

研究发现，在已发掘的甲骨片中很少有最后一位商王帝辛祭祀其父帝乙及祖丁的卜辞，"周祭"的刻辞也没有，反倒出现了大量反映生活经验，说明自我意识、自我判断的刻辞、占辞，祭祀占卜逐渐转向内心的启发和觉悟，反映出商朝末年王权与神权以及商代文明整个解释架构面临全面改革的叠加矛盾，遗憾的是，历史并没有给商朝这位野心勃勃的帝辛留下机会，时局的变化还是超出了他的想象。

从陕西出土的利簋铭文可以看出，武王征商之所以成功，其实只是甲子日清晨，岁星当空之时，周朝军队趁商朝军队主力尚在东夷之机，里应外合发动的一次突袭，根本没有司马迁《史记》中描写的商王调集70万大军决战牧野的情况。更重要的是，这次突袭改变了中国两个古老的传统：一是商朝奉行"天下为公""德配于天"；周朝"阴阳转旋之道"后，开始"天命归周"，以血亲关系分封诸侯。二是商朝称王的合法性来源于"景亳之命"，由诸侯方国首领推举产生，而周朝早在古公亶父立国岐下时，即开始谋划"实始剪商"，最后靠夜袭灭商夺权。这些是进步，还是一段弯路，恐怕还要放在更长远的历史背景下去考察分析。

不过，无论从哪个角度看，商朝，尤其是晚期，实行了当时最好的规则，最优美的理念，最能融合、包容、互惠的制度，才有了华夏文明独步天下，一举攀登上人类历史上第一个"梦幻盛世"的时代。

其实，编排这部剧就是试图从历史深处寻找一次对世界、对自我真正超越的经验，用于启迪现实中困惑的自己，多亏了甲骨文的发现才给予我们寻找真相的机遇。

无论是西方，还是日本，它们近代"复兴"的文化内容还是本民族国家的传统喜好、历史叙事、理念诉求和价值观念，与人类文明共同前辈先哲的思想和理念关系不大，反而是中国的甲骨文明与古希腊先哲的探索在诸多内涵上有相似之处。诚如王国维先生所言："国维于吾国学术，从事稍晚。往者十年之力，耗于西方哲学，虚往实归，殆无此语。然因此颇知西人数千年思索之结果，与我国三千年前圣贤之说大略相同，由是扫除空想，求诸平实。"王国维先生这段话，恰如他"独上西楼，望尽天涯路"，到"蓦然回首，那人却

在灯火阑珊处"的经历，前后耗尽"十年之力"，发现3000
多年前的"轴心时代"，虽然人类只是蹒跚学步的少年，思
索的却是人生早晚要面对的终极问题，如何认识自己和世
界，如何处理人与人、国与国、族群与族群之间的关系等，
蓦然回首，中国3000多年前的圣贤之说与近代西方文明自由
平等民主人性的论述"大略相同"，只是王国维想不明白人
类"大略相同"的思索带来的现实反差却如此巨大，他迷
惑、惶恐、不安，无奈岁月太不经用了，他没能等到东方破
晓的晨光，怀着对历史深深的遗憾选择殉道自杀了。

…………

原本10月3日要驱车前往格尔木，一查路线1100多公
里，没有高速，也没有预定到可以休息的地方，只能暂时放
弃穿过海拔超过5000米的唐古拉山口和向往已久的可可西里
无人区的壮志，改乘火车到格尔木。商定后，几个人便分头
去做准备。

拉萨市又称日光城，坐落在拉萨河谷平原上，海拔3600
多米，不过，经过十几天一路走来，感觉拉萨与中原城市没
有什么区别，只是显得更加明媚亮丽，风光独特。拉萨大街
小巷挤满了穿着各色的人流，本地人无论男女多戴礼帽，外
地来的人多背双肩包、挎相机，偶尔会有一两位金发碧眼的
西方人穿着大白大红的T恤，大大咧咧地行走在人群中，腰
上也像本地人一样系着脱下来的外衣；街两边"豫东名吃"
"四川小面""山东水饺"之类的店铺鳞次栉比；出租车司机

口音更是南腔北调，出于好奇问起外地人进藏的生计，都说这两年钱是越来越难挣了，主要原因还是外地人越来越多，如出租车行业河南人大约占到1/3，加上四川、云南等地的人占了一多半，开店直播带货的如雨后春笋，原来稳定的供销链渐有土崩之势。一位河南的土特产店的老板说："变化太快，拉萨原来夏天连蚊子都没有，很清静，现在和内地城市基本一样了，内地有的拉萨应有尽有。"

…………

近代哲学家中叔本华颇有佛教思想因缘，曾说人生就像钟摆一样，在痛苦和无聊之间逡巡。对大多数人来说，欲望就是前行的马达；当欲望满足后，随即便会陷入厌倦，接着便是寻找新的欲望；人生在欲望厌倦之间不断逡巡流转，周而复始，直至终老，理性思辨不可能从终极意义上承受反映意志的使命，此使命只能由艺术来担任；"人生本无意义"，这是因为人的意志是先验的、决定性的，痛苦和绝望便不可避免。他苦思冥想也没想出能使人生快乐的办法，推荐给西方人的却是东方的佛教，他说，人能在佛教的神圣境界中超脱欲望，灭绝意志，达到寂灭中的极乐。

尼采貌似叔本华悲剧哲学继承人，一度把叔本华尊为自己的"精神之父"，只因他过早地品尝到生活的艰辛。尼采5岁时父亲、弟弟相继病逝，年轻时又饱受各种疾病煎熬，35岁便辞去瑞士巴塞尔大学教授一职，开始独居写作，失恋和求医似乎形影不离，他发现"一个人知道自己为什么而活，就可以忍受任何一种生活",可是难就难在人怎么样才能找到"为什么而活"。人不怕苦难,但害怕没有意义的苦难。他从叔本华那里看到了艺术拯救人生的方向,却从自己身心感受中悟出了一条不寻常的思路,"我们的宗教、道德和哲学,都是人性的颓废形式,对这些颓废形式的反抗,便是艺术"。当然,尼采这里讲的艺术也比叔本华心目中的艺术概念宽泛得多。他认为古希腊神话中的"日神福波斯·阿波罗"和"酒神狄俄尼索斯"是一切艺术的源头,正因为如此古希腊人将艺术融入了生命,使得古希腊人能够面对各种各样的艰难困苦,看到了光明并快乐地活着,可以说是艺术拯救了古希腊人,可惜挽救不了人的生命,生命自己才能拯救生命,而且必须通过艺术拯救活动去拯救生命,艺术让人活下来,生命让人活下去。

尼采把艺术提升到增强人类生命力,从而战胜人生悲剧的根本出路,是生命中的最高价值的高度。

我一直在想,1889年1月3日发生在意大利都灵卡洛·阿尔贝托广场那一幕,尼采看到一个马夫残暴地鞭打一匹老马,尼采又哭又喊,冲上去抱住了那匹老马的脖子,他崩溃了,他号叫着,用一种谁也听不明白的话,当时围上来的人都说他疯了,把他送进了精神病院。那一年他才45岁,从此他经常唠叨的只有一句话:"我是如此如此的一个人,千万别把我与其他人混在一起!"这位天才的哲学家从此陷入了无法思考的困境。

尼采从那匹老马身上看到了自己吗？

杜甫也写过一首诗——《瘦马行》，开篇便是"东郊瘦马使我伤，骨骼硉兀如堵墙。绊之欲动转欹侧，此岂有意仍腾骧……"无论从外形经历还是从内心处境上，一看就知道这是杜甫的自喻诗；而读尼采的文章也好，作品也好，可以看出他喜欢的是强者和斗士，讨厌的是保守与弱者，在他和他塑造的人物身上根本找不到老马的影子，更不会有人将他与那匹受虐的老马联系起来。

那么，尼采能从那匹老马身上看到什么，又感悟到了什么呢？

尼采从那匹老马身上或许能看到人类的处境，它之所以受虐完全是由于历史的、社会的和现实环境条件所决定，生活在"上帝已经死了"的信仰崩溃时代。"一切的善与恶，都不过是一种象征，它从来都没有什么实际意义，而只是一种暗示，所以，如果谁想从善与恶之中攫取知识，那么，它一定是愚笨的。"他在《善恶的彼岸》中写道："让我们没有偏见地看一看迄今每一较为高级的文明究竟是怎么产生的！仍然具有自然本性的人、彻头彻尾的野蛮人、食肉的人，仍然具有不屈不挠的意志力和权力欲，向较为虚弱的、较有道德的、较爱好和平的种族（或许是从事贸易的或饲养家畜的村落）猛扑了过去，向古老而成熟的文明民族猛扑了过去。这些民族智穷才尽，颓废堕落，其最后的生命力正在渐渐熄灭。开始时，高贵种姓都是野蛮种姓，他们的优势不仅表现在其身体力量上，而且还表现在其精神力量上——他们是较为全面的人（较为全面的人无论从哪一点说，都是'较为全面的动物'）。"接着尼采断言："我在迄今流行于或目前仍流行于这个地球上的许多高雅和粗俗的道德之间游历了一番，发现一些特征有规律地反复同时出现而且相互联系，最后，我发现两种主要类型，就是存在着主人道德和奴隶道德。"够了，仅举这几点就足以说明这匹老马受虐很大程度上是由于宗教信仰、道德、真理、是非标准全面崩塌、完全颠倒造成的。更重要的是那个虐待老马，狂暴而又"高贵野蛮"的马夫，如同他笔下的超人查拉图斯特拉！尼采或许醒悟到要让这匹老马成为"艺术家"，自由地奔驰在草原上，除了它本身的生命力外，至少需要物质生产的丰富发展和社会制度的完善，以及全新的平等观念，他发现自己落入了自己设计的思想陷阱，他急切地要去冲上前去，企图用多病的身体堵塞这个漏洞，然而为时已晚。

我常想，假以时日，能再多给这位天才几年时间，或许尼采就能找到改变人生命运的新途径。

尼采是真疯还是假疯，抑或是一场纯粹的反思行为艺术，已经不重要了，有人从他停止思考的地方出发，走上了白雪皑皑的高山，有人走进了百花盛开的草甸，有人漂泊到波涛汹涌的大海，还有人失足跌进无底的深渊，没有人敢自称是尼采的继承者，只有那不自量力、一知半解、偷偷披上尼采学说外衣的人，才是真的疯子！

············

    1894 年 7 月 23 日，日军突袭占领了朝鲜王宫，抓获了执掌朝政的明成皇后闵氏，在砍了两刀后，几个日军和浪人又当众强奸了痛苦不已的皇后，事毕，又趁皇后尚未断气，把她周身浇上油烧了，最后，连残骸也丢进水池，撒得无影无踪。这几位凶手回到日本后，受到了凯旋将军般的夹道迎接，假模假样的法庭不仅宣判他们"无罪"，还充分肯定这些强奸杀人犯的"勇武"精神，认定他们的行为是"文明"人征服"野蛮"人的标志，符合主人道德！从此以后这种"勇武"精神发展成日本正规部队大规模普遍应用的战争手段之一。日本皇军是世界上唯一把残害女性上升到集体精神和荣誉的军队，日军把强奸杀人、恃强凌弱视为"文明征服野蛮"带来的骄傲，是战胜"野蛮"的奖赏，一些入侵他国的日本部队还为强奸杀人设立了豺狼虎豹奖，列入日常集体观摩比赛项目，强奸杀人越多越光荣，直到现在，他们中一些吃了秤砣的顽固分子仍然以为自己是一支武运长久的"高贵文明的艺术家"队伍，每年都要到靖国神社聒噪一番，回味着往日的快感。

    日本入侵中国后，日军情报部门曾对这种大规模有计划的强奸杀人活动进行过评估，认为强奸杀人在平时可以起到酒精的麻醉作用，转移士兵的不满，发泄他们的暴力，对士兵的战勤是种补偿和安慰。胜利后强奸杀人，能够鼓励和培育士兵必胜的信念，激励士兵"文明"征服的雄心，与掠夺财富有同等重要的作用；失败后强奸杀人，可以治疗、复员、矫正士兵的沮丧心理，是消除恐怖的有效手段。

只要能把"野蛮"置换成"文明"，那么还有什么野蛮事干不出来，或是不敢干呢？他们又干出了哪些"文明"的勾当呢？

帝国民主和兼爱民主

都说到拉萨不去布达拉宫、大昭寺、八廓街等于没来西藏，此话不虚。

布达拉宫无论是从历史文化角度还是从建筑艺术角度看，都堪称是世界瑰宝。

托人等了两天，好不容易买到门票，这天一大早，我们赶到布达拉宫时，见院外已是人头攒动，摩肩接踵了。离开门还有一个多小时，我便与导游聊了一会儿。

"你能区别佛教的大乘和藏传密宗吗？"听说他去过河南登封少林寺，我问了一句。

导游摇摇头，却打开了话匣子："佛我知道唐僧在那烂陀寺著《会宗论》《制恶见论》，并以两论标宗。我认为无论它是禅宗还是藏传密宗，外表上看略有不同，其内在经律论应该差别不大，都是劝世人行善，死后如愿上天堂。西藏高原过去相对闭塞，生活在这儿的人更容易感受人生无常带来的艰辛和恐惧，面对人生的终极大事会更认真、更'虔诚'，再加上从五世达赖喇嘛开始，采取一系列政教合一的措施，老百姓传统信仰都很'虔诚';布达拉宫始建于公元7世纪30年代,也就是吐蕃33代赞普松赞干布迁都拉萨、文成公主进藏后修建的,她带来了大批工程技术人员,设计的起点比较高,否则也盖不起如此大的规模,松赞干布和文成公主的宫殿就在布达拉宫的基层。从这件事可以看出,中原王朝过去是人群和文化共同的扩张模式,我们不仅仅是文化共同体,同样也是血缘共同体;过去说吐蕃人是古羌人后裔,还有说是鲜卑人后裔,甚至还有人认为是南来人,从史前古藏人遗址挖掘发现的基因证据表明,五六千年前这儿的人群与中原及周边人群就有密切复杂的联系,遗传基因显示的血缘联系。还发现个遗骸,测定为3339年前的人体遗骸,对他的DNA研究证明,他就是一个汉藏人群的遗骸,中华民族有着历史特殊性,不能套用西方划分民族的概念。"

　　进入景区首先是方格状的行政机构(包括监狱在内)的办公场所,仰首便见高高的布达拉宫,可惜行政办公区这里正在维修不对外开放,未能一睹真容。布达拉宫虽然只有13层,但高度却有117.19米,依山而建,占地36万平方米,建筑面积13万平方米,高高耸立,俯瞰着山下人间。布达拉宫的建筑历史文化和建筑特色报刊介绍已经够多了,到实地游览给人印象最深的就是这座建筑的历史。

　　布达拉宫依玛布日山而建,从山脚向上,直达山顶,下部墙体厚达6~8米,上部最薄处也有1米,采用收缩式墙体建筑方式,由白马草和砖石砌成,据专家测定足可以抵抗8

级以上地震，因此从最初建设至今历时近 1300 年仍然苍劲矗立，壮观巍峨。布达拉宫的墙体分红白两色，涂料由牛奶、面粉、蜂蜜、藏红花等材料混合而成，原先都由当地群众各家各户自行筹备，统一由神祇人员发布粉刷施工时间，由群众自愿施工，近年才实行统一备料，统一施工的方式，逐年涂刷，外墙已有厚厚的一层，使整个景区都充满了清新芳香。布达拉宫内佛像灵塔等共用黄金 480 多吨，导游介绍，布达拉宫的黄金数量曾一度占全国黄金总储备的 60%，灵塔殿、佛像、经书、珠宝玉器、清朝皇帝画像及价值连城的艺术品更是数不胜数，让人目不暇接。这些都是当地百姓一代代人创造的财富，最终奉献给了佛教，寄托着寻找来生幸福的良好愿望。

游览完布达拉宫，从后山出门，仍可见不少群众在布达拉宫门外念念有词地转经。一位当地信教群众告诉我，现在信徒转经筒，或三步一匍匐围着布达拉宫修行，主要是为了净化心灵，寻找一种安详的心灵。人活在世总会有些恶念贪欲，不免会做出种种恶行，要克服这些缺陷，人需要向佛祖寻求帮助，通过觉悟和一定的感知行为，放弃贪念，弃恶扬善，为今生也为来世寻找一种意义和路径。

我说："下一代的幸福是不是来生的幸福？"

他惊喜地瞪大眼睛，片刻，问道："你也信佛?!"

我也笑笑，回答道："我与你有类似的信念。"

佛教的本质只能是自我教育，这应该是佛陀给身后弟子的最大自由。

大小昭寺和布达拉宫一样都是文成公主进藏以后陆续修造的，一说是松赞干布为迎娶文成公主修建的佛寺；一说是为迎娶泥婆罗（现在的尼泊尔）公主，和她从加德满都带来的释迦牟尼8岁等身像修建的；还有一种说法是为文成公主修建了小昭寺。但从大昭寺内长近千米的壁画《文成公主进藏图》和从洛阳白马寺请去的释迦牟尼12岁鎏金铜像看，大昭寺与文成公主确有深远的文化渊源。

佛教是在松赞干布建立吐蕃过程中，通过和亲的方式引进来的，他先后迎娶了青藏高原三大部落联盟首领的女儿、尼泊尔国王的公主和大唐王朝的文成公主，和亲不仅是他扩大势力范围的工具，还是吐蕃文明进步的阶梯，他把佛教作为典章制度的一部分一同引进了高原。据史料记载，随文成公主一起进藏的有5500多人，包括农业、建筑、制陶、酿酒、医药、纺织等方面的技术人员和佛教僧人，陪嫁礼单上有"释迦佛像、珍宝、金玉书橱、360卷经典、各种金玉饰物"，以及烹技、饮料、织锦工艺、卜筮经典、营造工技著作、医学医方、医疗器械和3000多种粮农种子等。根据礼单，文成公主出发前特意从洛阳白马寺抬请一尊佛祖像随同进藏，至今仍供奉在大昭寺大殿净香室中心。当然迎娶的尼泊尔公主也同样带来了一尊佛祖神像，这两尊佛像以及随同进藏的经书才是藏传佛教的真实来源。历史流传松赞干布和文成公主是菩萨变成的国王和王后，特意来教化高原百姓的，寺内有壁画、塑像记载了这一传说。

大昭寺的建筑融入了藏、唐、尼泊尔、印度等地的风格，体现了多元文化的特征，殿宇雄伟，金碧辉煌，庄严璀璨，光彩夺目，至今屹立近1300年，堪称文明奇观、世界建筑史上的瑰宝。

大昭寺除了供奉的四大金刚、佛祖、观音菩萨、如来佛等外，还有明代刺绣护法唐卡及藏传密宗佛像，只是对他们职责作用的解释多少有些不同。佛祖进藏时，吐蕃高原还没有文字，公元7世纪以后，吐蕃在创造文字和典章过程中才开始经书的翻译，才有了藏传佛教自己对佛祖的解说。

大昭寺是西藏各教派共尊的寺院，西藏活佛转世"金瓶掣签"仪式历来在此举行，是当地信教群众心目中神圣的佛殿，寺院内外及八廓街随处可见转经的群众。

随同文成公主一起进藏的佛祖像据说已有2000多年历史，虽历经磨难，至今依旧慈悲端庄、从容安详，多少世代过去了，他把佛陀理念带到高原一代代信徒的心中，无论你如何理解他的教诲，从思想文化上都能追溯到他的中原故乡。

…………

"古人真智慧！处理相互之间的矛盾和关系只能用民主文明方法，这才是甥舅和盟碑的意义所在。"一同行好友围着大昭寺前矗立的唐蕃会盟碑边转边说。

几位好友纷纷凑近观看一番，又点出手机上介绍唐蕃会盟碑的链接，议论开了。

"先确定关系性质，甥舅关系；再确定未来目标，'和叶社稷如一统'，用最好的民主协商办法，和盟，结千秋万代福乐大和盟，从这句话看，民主就是协商。"

"唐朝有民主协商意识吗?"一好友没有太大把握地问。

"怎么没有?! 中国的民主理念恐怕比古希腊的民主还好，还要先进! 这通碑不就是明证吗?!"一好友说着冲我笑笑。

我点点头，答道："中国的民族传统的确和西方的不一样。"

图书馆一角坐满了学生，出人预料的是十分安静，我望一眼同学们的眼光，深受鼓励，提高嗓门道："统一的国族认同，是国家间竞争的核心要素，内容包括对国家民族及价值体系、思想体系、知识体系，历史文化传统的认同，不要以为现代的民主价值观都是西方发明的，中国历史创造的民主价值比他们的或许更精彩。"

我举起手中的剧本，接道："这部历史剧讲的就是最具争议性的课题——民主。墨子想必大家都不陌生，他是咱们平顶山鲁山人，过去称'鲁阳'，是我国著名的思想家、军事家、科学家，传统认为墨子思想主要是反战非攻、兼爱节用、尚贤明鬼等等，其实墨子思想的核心和本质是民本民主思想。剧本的具体内容我暂且放一放，先扩展讲一下民主的概念和它的历史，对中外民主简略加以比较，以此为背景，供大家在评论这个剧本时加以参考。

"按照当前西方流行的说法，民主的源头是古希腊梭伦改革创建了民主政治，根据可能是亚里士多德的叙述，这只能说有一定道理，但事实并不完全是这样。民主其实是世界各种文明普遍存在、历史悠久的一种决策模式，就连山贼海盗也常用此类的'民主'决策办法，梭伦的改革只是把它制度化，并没有发明权。值得注意的是，古希腊创造民主制度正值古典奴隶制帝国时期，有学者称古希腊是'军事奴隶制帝国'，殖民扩张和贸易逐渐取代自给自足的小农经济，个人自由理念已经体现在制度设计的框架，这就带来了两方面的改革需求，消弭内部的平民与贵族的矛盾和在一定范围内动员平民参与殖民扩张，这就是古希腊'民主'的背景，也使得'民主'在很长时间内都与帝国扩张的暴力相联系。如同后来罗马帝国的角斗竞赛，杀不杀失败者全看观众的呼声高低，震耳欲聋的呼声和沾满鲜血的屠刀，真实地体现了'民主'原始含义。亚里士多德在其《政治学》中写道，希腊诸城邦国家的组织结构一般取决于其军队的主力兵种，如果该城邦军队主力是骑兵，城邦就是贵族制政体，因为贵族才能承担起购置马匹等装备的费用；如果该城邦主要依赖海军和轻装步兵，则可以期待该城邦实行民主制，因为需要民主动员，让人人都学会号令整齐地划桨和操作投石器，这个传统一直沿继到罗马帝国的军队。直到 18 世纪，'民主'一词仍然意味着蛊惑煽动、党同伐异，甚至多数暴政等反面的含义，暗示着转向专制的可能。19世纪初，现代工业革命使得西方大步走向殖民扩张，西方国家面临着与古希腊同样的问题，面积小人口少的宗主国要殖民盘剥人口众多、面积更大的殖民地，就需要动员更多的力量，作出一些让步，顺应内部要求平等的呼声也是势不可当，政治革命带来选举权的不断扩大，一些政治家和组织才开始拉扯起'民主'的旗号，开始赞美古希腊的'自由民主'，西方一大批政治家、社会学家才静下心来研究重构'民主'的概念，文学家维克多·雨果等人则把民主推崇成'崇高的理想'，渐渐发展成了现代的民主主义。

"在中国，'民主'一词出现较晚，大概是传教士翻译西方选举制度形式时，首先使用了'民主'这个词，含义从清朝末年的'为民作主'，逐渐过渡到现在'人民当家作主'。它作为一种价值原则，根植于中国大地和悠久历史，可以肯定的是，它从出现之日起就不同于西方的民主，可以说是从中国这块土地生长的民主。至于中国式民主的本质内涵、品质特征等等还需要大家共同探索构建，歌舞剧《墨子》给大家提供的是与古希腊梭伦改革基本同时期的，中国传统'民主'思想和实践，以期为我们今天的民主建设提供一些有益的借鉴和启迪……"

在我介绍剧情和创作思路的过程中，会场仍旧寂静无声，连学生们做笔记的"沙沙"声都清晰可闻。

············

墨子曾在宋国为官，后辞官为民，世人都说：人往高处走，水往低处流，墨子是不是傻了？墨子则回答："然则天亦何欲何恶？天欲义而恶不义。然则率天下之百姓以从事于义，则我乃为天之所欲也。我为天之所欲，天亦为我所欲。"世人不解：你咋知道上天之欲好义呢？墨子又答："天下有义则生，无义则死；有义则富，无义则贫；有义则治，无义则乱。"天下百姓无不欲其生而恶其死，欲其富而恶其贫，欲其治而恶其乱，所以我知天与百姓同欲，知道了天欲义而恶不义。

这个"义"就包含着民本、民生、民主。墨子的时代，"天下纷争，礼崩乐坏"，他认为纷争反映的是社会失秩，仅为表面现象，礼崩才是深层次原因，礼不仅是外在礼貌，乐也不仅是歌舞音乐，礼乐代表的周朝的价值取向和文化秩序，具体讲就是圣贤不明，人才不济，道德不一，天下没有共识，百姓缺乏合意，社会丧失了共同的价值基础，必先有礼崩，继之才是天下纷争。

墨子的原话是："'天下之人异义。'是以一人一义，十人十义，百人百义，其人数兹众，其所谓义者亦兹众。是以人是其义，而非人之义，故相交非也。内之父子兄弟作怨仇，皆有离散之心，不能相和合。至乎舍余力不以相劳，隐匿良道不以相教，腐朽余财不以相分，天下之乱也，至如禽兽然。"

当然，造成这种状况的原因很多，墨子从自己的亲身感受讲，主要有两方面：一方面现在的行政长官所作所为与古时设置行政长官的初衷偏差太远，过去人们把天下德高望重又聪明能干的人推举为天子，目的是让他统一天下价值取向，立为榜样楷模。后来考虑到仅靠天子自己的所见所闻远远不够，无法全面了解天下百姓意见，便又选择天下贤良、口才又好的人推举为三公，又由于天下地域广阔辽远，又设立了诸侯国君，再由他们选贤任能，立为左右将军大夫，以及远至乡里之长，共同参加听取百姓意见的工作，确立整个天下价值取向。

　　"明乎民之无正长以一同天下之义，而天下乱也。是故选择天下贤良圣知辩慧之人，立以为天子，使从事乎一同天下之义。天子既以立矣，以为唯其耳目之请，不能独一同天下之义，是故选择天下赞阅贤良圣知辩慧之人，置以为三公，与从事乎一同天下之义。天子三公既已立矣，以为天下博大，山林远土之民，不可得而一也。是故靡分天下，设以为万诸侯国君，使从事乎一同其国之义。国君既已立矣，又以为唯其耳目之请，不能一同其国之义，是故择其国之贤者，置以为左右将军大夫，以远至乎乡里之长与从事乎一同其国之义。"

　　墨子认为，现在主公大人行使政事恰恰相反，把宗亲父兄、世交故旧或宠幸的弄臣安置在自己周围，或立为行政长官，官位私授，提高他们的爵位，增加他们的俸禄，使他们过上富贵淫逸的生活，让他们感恩这些私授官职的人，而忘记了"致君泽民"的责任；而受授了官位之人也忘了为官本义是为民兴利除害，使贫者富，少者众，危者安，乱者治，赏誉不足以劝善，刑罚不足以沮暴，典章律法不能统一并正确地实施，把"官本位"作为终极的价值观和人生观。下面百姓知道了设立这些行政长官并不是按公平天道去理政，也会结党营私，隐瞒良善，整个社会弥漫着"官本位"的风气，如若以此为价值取向，原来的"道德礼义"社会，就会变成"武力势力"社会，这是导致社会失秩的最主要原因。

"今王公大人之为刑政则反此。政以为便譬，宗于父兄故旧，以为左右，置以为正长。民知上置正长之非正以治民也，是以皆比周隐匿，而莫肯尚同其上，是故上下不同义。若苟上下不同义，赏誉不足以劝善，而刑罚不足以沮暴。"

那么，是否可以按照儒家的办法恢复周礼，安顿社稷？墨子认为，周礼作为一种分封等级制度的文化基础，原本就有许多缺陷，儒家若用以治理个人身心尚有一定作用，用以治乱救世则是弊大于利。

春秋以降，正逢千年未有之变局，社会面临着两个重大转变：一是周礼分封制渐有土崩之势，天下为公呼声再起；二是门第血缘世代为官的治理体系无以为继，亲疏尊卑各安其命的等级观念正在瓦解，儒家伦理上显然忽略了这些大势，仍然在讲"亲亲有术，尊贤有等""寿夭贫富，安危治乱，固有天命，不可损益"等，如同马鞍子套在牛背上，无论如何行不通。当下，只有兴天下之利，除天下之害。从反思批判宗周贵族礼乐文明入手，创建新的普世礼乐文化和精神价值，才能有出路。

墨子说，天下之害最大者就是"别人"；天下之利最根本的就是"兼爱"，价值取向上应确立新的天下观、价值观。

"天下"不但是个地理范围表述，更重要的是包含了一种文化秩序伦理，"兼爱"就是普天之下无论地域族群、别国己国、君臣上下、男女老幼都应有平等的权利，受到同样的尊重，一视同仁。"视人之国若视其国，视人之家若视其家，视人之身若视其身。是故诸侯相爱则不野战，家主相爱则不相篡，人与人相爱则不相贼，君臣相爱则惠忠，父子相爱则慈孝，兄弟相爱则和调。天下之人皆相爱，强不执弱，众不劫寡，富不侮贫，贵不敖贱，诈不欺愚。凡天下祸篡怨恨可使毋起者，以相爱生也。"

墨子这里讲的"兼爱"，更多的还是平等的意思，民主只有在平等基础上，才能体现它的本质。墨子提出用大民主形式共克时艰，古时选官的初衷在于贯通畅达民意，从最基层的村巷开始，不分等级由地方官征求每户人家的诉求，汇总后再到县府，乃至诸侯方国，最后归纳集中天子朝堂，但天子也无权擅自决断，还要求诉于天道，也就是公布于世，求助于天下民心，这个统一思想意志的过程墨子称为"尚同"。

墨子强调：尚同还不够，主持社稷，治理国家，要保持长盛不衰，根本一条还是要尊用贤能，这是为政之本。道理很简单，用德才兼备的人去治理品劣才疏学浅的人，国家就能安宁平和；反之，用品劣才低的人去治理品学兼优的人，国家就会混乱。所以尚贤不仅是天下为公的体现，更是国家长治久安的根本。

　　墨子一生阻止了齐国伐鲁国、鲁阳文君攻郑国、楚国谋侵宋国等三场战争，并在实践和办学活动中提出了民本民主、尚同尚贤、兼爱非攻、天志贵义等一系列独特的学说和思想，成了我国著名的春秋义理思想基本内容之一，与孔儒学派并列为百家争鸣的显学，也是我国轴心时代实现文明跨越的重要标志。墨子学派在继承我国传统的天下观和天理天道价值观的前提下，开创性地改进了追求天道真理的方法，承认任何人和学派都有自身的缺陷和时代局限性，认知天道只能是个逐渐深化的过程。追求天道要从每个家庭开始，经过乡里、诸侯，到"一同天下之义"，从民心的角度去考察天意，可以看出墨子的民主思想并非仅仅把"民主"作为手段和工具，"民主"本身就是目的，是内容和形式的统一。墨子根据春秋战国礼崩乐坏的社会现实，提出依靠民主民心助天明治的主张，顺应时代要求，把确立天下价值取向、抚平民心、畅通民意作为治理乱象的根本，从思想价值观统一入手，以文化成天下，注重用逻辑推理和实践的方式解释天道，身体力行，兴利除害，彰显了墨子思想的进步性合理性，为秦国的一统天下打下了思想文化义理的基础。

　　墨子曾带弟子游说多国诸侯采用他民主社会的主张，虽未能如愿，但据说不少弟子入仕诸侯，计有楚、越、宋、齐、卫等国，扩大了墨子思想的影响。墨子鲜明的宗旨和民主方法还使墨家成了纪律严明的学术团体，身边弟子最多时有 300 人之众，实行半军事化管理，"赴火蹈刃，死不旋踵"，实际上建立了一支维护和平的武装力量。墨子去世后，墨家一分为三，实力和影响力大大削弱，及至秦汉转型失败，逐渐消失在历史的旋涡之中。

披着"文明"外衣的野兽

这天一直忙到中午,才乘上开往格尔木的列车。

上车便去找吃的,不巧,发现列车上售卖的食品执行的是拉萨的价位,到餐车转一圈,看看价格单,咽了口口水,又转回原位车厢。

窗外,与火车并行的还有一条国道,开始还能看到几辆汽车,渐渐越来越少了,远方山岗也越来越粗犷、雄伟,山下片片草场环绕着银光万点的湖泊,凋敝在绚丽的阳光下。不久,火车便大口大口地喘着粗气,开始爬坡,似乎行驶缓慢,但看看手机上的计程仍在 90 公里以上。

过那曲以后,窗外的境况便进入寸草不生的山岗,连绵不断,一直铺向尽头的雪山。铁路局在唐古拉南和唐古拉山口设有两个小站,火车放缓行速慢慢通过,大概是致敬辛苦工作的同事,只是整个站台没见一个乘客的身影。再看窗外,恣意横行的河流,漫无目的地穿行在乱石丛生的岗坡之间,地球上竟有如此荒凉、如此寂寞的地方,着实令人惊心。幸运的是,车上的人偶尔会看到三五成群的藏羚羊,在午后明亮的日光下，悠闲自得地散步在山岗之间，它们似乎对喘着粗气的火车已经习以为常，察觉到动静后，只是抬头望了望，又顾自寻找起自己的午餐，反而让一车人类大呼小叫、奔忙拍摄一番。

生活在这里的藏羚羊，着实让人敬重，能生长在如此恶劣的环境中本身就是奇迹，况且它们看上去是那么单纯、那么健美、那么精灵，恐怕它们无论如何也猜不出人类的心思。

…………

走出山东刘公岛景区清朝提督丁汝昌官邸，我大致想通了甲午之战中国败于日本之手的原因，这座坐北朝南的官邸占地约2万平方米，其中寓所就占地7000多平方米，据说是仿照丁汝昌老家安徽巢湖汪郎中村的故居建造的，是座左中右三跨院落的建筑群，徽派立墙，雕龙画壁，西院一株紫藤相传还是丁汝昌亲手所栽，可想这位主帅魂牵梦萦的只是家乡那片薄雾缭绕的山水和与好友亲朋的诗书唱和，少有沙场争锋、四海扬威的胸襟。本来这位骑兵出身的将领能当上北洋水师提督，靠的是北洋大臣李鸿章同乡分儿上的额外"器重"，原打算混几年便能回乡，偏偏遇上打仗，这是他在规划自己人生时万万没有想到的。甲午年间，皇上和全国人民主战声不绝；而李鸿章则视北洋舰队为私人势力，一再暗示要保存实力，避战求存。丁汝昌战也不是，和也不成，只能坐以待毙，虽然最后提督大人自杀殉国，但也拉扯着整个北洋水师全军覆没，单独把他拉出来评价失去了意义，倒是提督官邸那面"北洋海军将士名录墙"，念之让人潸然泪下。

1893年，时任时枢密院议长、被称为"日本陆军之父"的山县有朋多次督促，需"早日与北洋舰队决一雌雄"，实施肢解中国的作战方案。他还唆使日本军队和政府外交机构制造事端。也许是巧合，1894年春，朝鲜南部爆发全琫准为首的农民起义，4月27日，日本探知朝鲜国王决定"求华遣兵代剿"消息，28日、29日，日本驻朝公使书记官和代办连续两天拜访袁世凯，声称"我政府必无他意"，采用外交欺骗，引诱清朝出兵。同时，日本驻朝代办杉村濬发急电，通知国内朝鲜请兵的消息。日本国内收到杉村濬电报时，内阁正在开会，伊藤博文立即通知日军参谋总长有栖川炽仁和次长川上操六前来参会，作出了秘密兵出朝鲜的决定。4月30日，朝鲜正式将请兵公文交给袁世凯。5月2日，清政府下达了派兵谕旨；当天午后，日本军舰"八重山"号缓缓驶出日本横须贺港后，开足马力驶向朝鲜。5月3日，清军聂士成才率部启程赴朝。

日军虽然早一天不请自来，还是晚了一步，朝鲜政府与农民军达成了"和约"，日本政府失去了挑起战争的口实。只是此时，日本决心已定，假装提出与中国"共同改革朝鲜内政"，清朝政府则要求双方共同撤兵。日本外相陆奥宗光密令驻朝公使大鸟圭介，"促成中日冲突，实为当务之急，为实行此事，可采取任何手段"。7月12日，日本向中国递交了第二次绝交书。7月19日，陆奥外相再次电令大鸟，要不惜采取任何手段，立即挑起战争。7月23日，日军占领朝鲜王宫，推翻闵氏政权，劫持国王，成立亲日傀儡政府。7月25日，日本海军在朝鲜丰岛海面突然袭击中国舰船，挑起了甲午战争，接着，马不停蹄地调兵遣将，一路打到辽东，攻陷威海，洋务派苦心经营多年的北洋海军全部覆灭。

有学者认为，甲午战争中，日军之所以大败清军，主要原因是工业化时间差和军队装备实力悬殊所致。我以为文化形态的差距应该是深层的决定因素，包括实物文化、制度文化、精神文化等。清朝自入关后，私心政治作祟，故步自封，观念陈旧，思路愚钝，贪腐堕落，顽疾难除；从皇上到士兵建军当差都没有实战的打算，购置洋枪洋炮只想用来吓唬百姓、镇压"刁民"；士兵军官入伍仅为养家糊口，平时灌输的也多是纲常伦理、宗法思想；军队上层尔虞我诈，把军队视为个人的"自留地"，是自己争权固位的"抓手"，表面上看，清军装备了铁甲巨舰，但体制上还是封建官僚衙门那一套，各级军官只对提拔自己的"知遇之恩"负责，没有半点清朝臣民的位置。可见此时的清王朝从制度文化到精神实力，各种矛盾危机已是积重难返。更要命的是，19世纪末20世纪初，西方列强，包括日本正向帝国转型，整个世界已被推入弱肉强食的殖民丛林，与虎狼为伍却不学虎啸狼嗥，一味指望以夷治夷，失败已是预料之中。反观日本，从上到下欲望膨胀，野心勃勃，军队战争理念先进，势在必得，不择手段，装备精良，人性尽失，无论村庄城市，无论男女老幼，日军所过之处往往是屠尽杀光。

1894 年 10 月 24 日，日军第一集团军进攻鸭绿江清军防线；第二集团军在司令官大山岩的带领下在旅顺花园口登陆，11 月 21 日攻陷旅顺，第一师团长山地元治中将下达了"屠杀令"。

美国《纽约世界》记者克里曼写道："我见一人跪于兵前，叩头求命，兵一手以枪尾刀插入其头于地上，一手以剑斩断其身首。有一人缩身于角头，日兵一队放枪弹碎其身。有一老人跪于街中，日兵斩之，几成两段。""战后第三日，天正黎明，我为枪弹之声惊醒，日人又肆屠戮。我出外看见一武弁带兵一队追逐三人，有一人手抱一无衣服之婴孩，其人急走，将孩跌落。一点钟后，我见该孩已死，二人被枪弹打倒。""我经过各街，到处见尸体均残毁如野兽所啮。被杀之店铺生意人，堆积叠在道旁，眼中之泪，伤痕之血，都已冰结成块。甚至有知灵性之犬狗，见主人之尸首僵硬，不禁悲鸣于侧，其惨可知矣。"

英国人艾伦这样写道："日本兵追逐逃难的百姓，用枪杆和刺刀对付所有的人；对跌倒的人更是凶狠地乱刺。在街上走，脚下到处可踩着死尸。""天黑了，屠杀还在继续进行着。枪声、呼喊声、尖叫声和呻吟声，到处回荡。街道上呈现出一幅可怕的景象；地上浸透了血水，遍地躺卧着肢体残缺的尸体；有些小胡同，简直被死尸堵住了。""日军用刺刀穿透妇女的胸膛，将不满两岁的幼儿穿起来，故意地举向高空，让人观看。"

当然旅顺是有西方人居住的地方，日军的屠杀才偶尔流露出来，日军进攻的路上有许多类似的屠杀，被他们结结实实地掩盖了下来，不知有多少灵魂还等待着诉说他们的悲痛和冤屈。

日军旅顺大屠杀一共进行了 4 天 3 夜，据英国法学家胡兰德引用维利尔斯的记载，全城只有 36 个人活了下来；以后又有人说有 800 人逃了出来；1935 年，大连金州人孙宝田专门对旅顺日军大屠杀死亡人数进行调查，找到知情人鲍绍武，据鲍叙述："翌春乙未二月，日军令其组织扛尸队，将所瘗尸体抬至阳花沟焚之。除有家人领尸安葬者千余外，被焚尸体实为一万八千三百余。"孙宝田调查核实被屠杀的人数是 2 万人。

为防止旅顺大屠杀消息泄漏，甲午战争中，日本建立了收买西方媒体和日本国内报道的审查制度，成功地收买英国中央通讯社和路透社，英国中央通讯社还一本正经地说："除战时正当杀伤之外，（日军）无杀害一名中国人。"日本学者福泽谕吉形骸俱忘，评价道："战争本身虽然发生于日清两国之间，探其根源，则是谋取文明开化的进步一方，与阻碍其进步的一方之间的战斗，绝非简单的两国之争。日本原来对支那并无私怨，并无敌意……无奈他们愚顽不化，不解普通的道理，目睹文明开化的进步不仅不感到欣悦，反而要阻碍其进步，蛮横地表现了对我反抗之意，无奈之下才有如今之举。日本人眼中并无支那人支那国，只是出于世界文明进步的目的，要打倒反对这一目的并对此加以阻碍的力量。（中国人应因这场战争而）对文明引导者的日本人感恩戴德，行三叩九拜之礼。"福泽谕吉在尼采主子和奴隶两种道德论基础上，发明两种文明的道德论，让狼披上羊的外衣，这的确是对现代资本主义理论的"深刻贡献"。

佛陀说：善欲人知，不是真善；恶恐人知，便是大恶。佛陀万万没有想到，还有人将大恶愣是说成了"文明进步"！

直到1894年12月20日，美国《世界报》刊登特派记者克里曼的纪实报告《旅顺大屠杀》，这才让世人看到了"日本为蒙文明皮肤，具野蛮筋骨之怪兽"的一鳞半爪，这篇震惊世界的纪实报告倾尽"文明"人的想象，还是在这场大屠杀死亡人数后少写了一个"0"。

日本第二集团军还将在旅顺等地掠夺的"战利品"展示于东京的靖国神社，举国游行欢宴，就连股市也反弹暴涨，"宛如鼎沸"。

1895年3月13日，直隶总督兼北洋大臣李鸿章在得到大清皇太后慈禧、大清皇帝光绪的赔偿让地授权后，前往日本马关，与日本首相伊藤博文、外务大臣陆奥宗光谈判。4月17日上午签订了《马关条约》，主要内容包括：割让台湾全岛及所有附属各岛屿、澎湖列岛、辽东半岛给日本，包括现在世人瞩目的钓鱼岛；赔偿日本兵费白银2亿两；开放沙市、重庆、苏州、杭州为商埠；允许日本人在通商口岸开设工厂；等等。

甲午战争改变了中国、日本和世界。中国战败，割地赔款，主权沦丧，国际地位一落千丈，国际上掀起了瓜分中国的狂潮；清王朝30年的洋务运动宣告破产，民族危亡成了主要矛盾，民主革命运动空前高涨，清政府慌不择路，甲午战败的当年便被迫变法，导致了慈禧太后垂帘听政，再次错失变法图存的时机。日本通过甲午战争获得了大量土地和赔款，奠定了军国主义基础，经济上确立了日本的金本位制，建立充实起了一大批重化工业、航空、造船等超大型企业，完成了资本原始积累，用30年时间走完了不少西方国家300年的历程，日本的国际声威随之大振。更重要的是，日本从这个"福自天来"的战争中，悟出了资本主义快速生成财富的"逻辑"，那就是先把自己装扮成"东洋"文明人，然后不失时机地发动战争，以阻击亚洲，尤其是中国的现代化进程，保持其科技、工业的领先地位，将中国乃至亚洲永远置于被奴役的地位，只有这样才能保持日本的繁荣和"文明进步"性。当然，欲实现这种旧殖民主义掠夺方式，前提条件是必须保持日本对中国乃至亚洲的独占性、排他性，中国的统一和独立，西方国家的门户开放，利益共沾，都势必威胁日本的根本利益。对世界而言，甲午战争打破了帝国主义间微妙的平衡，日本实力大增，明确地走上了一条公开的、靠战争掠夺发展"资本主义"的道路，这与 19 世纪末西方国家大多转向贸易和垄断经济活动获得财富的新殖民方式背道而驰，引起西方国家之间的猜疑和眼红，埋下了帝国主义之间难以弥合的矛盾。

戊戌变法后，光绪帝被囚，太后训政，帝位传承成了清皇室最重的心病，太后与心腹大臣商议后，决定立端郡王载漪 15 岁的儿子爱新觉罗·溥儁为皇帝，预定庚子年举行光绪禅让典礼，改年号"保庆"。此议一出，天下震动，京师内外纷表异议，各国驻华使节更是一致反对，闹得慈禧寝食不安，端郡王等人更是恨恨连声。

甲午战争后，德、俄、英、法等帝国主义国家蜂拥而至，先后侵占了青岛、旅顺、威海、广州湾等地，占地开矿，修路办企业，与当地百姓的矛盾冲突接二连三，引起民间习武团体，诸如梅花拳、义和拳等组织参与。1898 年 6 月，山东巡抚上奏朝廷，提议"改拳勇为民团"，统一称义和团；不久，山东巡抚换成了毓贤，进一步提出"民可用，团应抚，匪必剿"的主张，主张对义和团采取"剿抚兼施，以抚为主"的方针。1899 年冬，英国圣公会传教士卜克斯被杀于山东肥城，西方各国纷纷抗议，朝廷不得已只得将毓贤免职。谁知，毓贤回京后，托关系走门路找到了端郡王载漪，经载漪引见，又觐见垂帘后政的皇太后慈禧，说了一堆招安义和团的重要性和意义，将道听途说的神功妖道、奇门遁甲描绘成了刀枪不入、鬼魔无敌，并一再表示可借义和团的力量驱逐洋人，唯独隐瞒了他自己在山东剿杀义和团的事。而此时慈禧正对西方国家干预她废黜光绪一事而心烦意乱，听说义和团能从"反清复明"转型到"扶清灭洋"，顿时心中一喜，以为义和团可以帮她出口恶气，不但将毓贤改任为山西巡抚，还不分青红皂白地下了维护义和团的诏令，招致不少义和团拥入直隶，攻城掠县，公开打出了扶清灭洋的旗帜，杀洋人，烧教堂，破铁路，砍线杆，局面渐渐失控。而此时，朝中庄亲王载勋、端郡王载漪、辅国公载澜及朝中军机大臣裕禄、军机大臣刚毅、军机大臣赵舒翘等人，尽是戊戌变法后重新上台的皇亲国戚，对局势国情了解不多，能力见识都很肤浅，一味地感情用事，纷纷力主抚靠义和团灭掉洋人，6月，还把有不少士兵参加义和团的武卫后军董福祥部调入京城。

1900年5月12日，义和团攻占涿州。6月10日，端郡王载漪出任总理各国事务衙门大臣，表明了朝廷的态度，给世界一个明确的抚团灭洋的信号，义和团开始纷拥入京城。需要注意的是，此时，义和团的性质已经变了，至少是部分义和团已经变了，已经不再是民间自发的反帝反封建的群众组织，而成了与清朝部分官吏勾结、参与朝廷内部权斗的工具。16日，京城前门数千家商铺被烧，火光冲天，"城中日焚劫，火光连日夜"，拳民开始大肆抢劫、强奸、屠杀无辜教民，就连吏部尚书孙家鼐、大学士徐桐家也被抢掠。当天慈禧召开御前会议。我想，那天慈禧一定意识到自己已经走上了一条不归路，仅仅因为当时在气头上的一时冲动，却让清王朝陷入无法控制的境地，端郡王载漪等人把义和团"引入京师"，一些人则在载漪府门口大开杀戒，而载漪等人完全是偷看"老佛爷"脸色才作出纵容义和团的建议的，骨子里也知道义和团不可能和清朝一条心，义和团只能是争权夺利工具，心知肚明其根本不会受人节制，当前就连朝廷的武卫禁军也裹挟进了义和团"激昂的斗志"，群情完全是一面倒，真正到了骑虎难下的境地，只能神挡杀神，佛拦杀佛，硬着脖子也要坚持下去。慈禧太后的处境更加不妙，皇城内外血光剑影，就连这些沾亲带故的王爷，她也感觉到了隐隐威胁，摆在面前的似乎只有两条路：一条归权于皇上，由光绪出面收拾残局；另一条立即起用主和派，解散义和团，将乱民逐出京城，由主和派收拾乱局。不过，这两条路都有可能让她丢掉垂帘听政的权力，这是她想想都脊背发凉的事；她自幼入宫，最擅长的是宫廷内斗，密谋行事，先下手为强，一生嗜权如命，六亲不认，深知失去权力等于失去一切，至于内政外交则是一窍不通，好在清朝的国运她是不会用心掂量的，个人的权力才是她真正操心的事。会后，她一边下旨要求解散义和团，一边令刚毅、载漪、载勋、载濂、载澜统领义和团，任命载勋任步兵军统领九门提督，两面讨好，两边试探，她已经预感到朝廷内外局面难以收拾，懿旨已经出不了紫禁城了，但她决意抓住眼前的皇权不放，活一天抓一天，除非不得已撒手……

这次御前会议错失了最后扭转乱局、起动改革的时机，它埋下的祸根至少延伸到10年以后的武昌起义。历史会在不经意间留下草蛇灰线，每一个看清其中因果关系的人都会小心翼翼地对待历史，如履薄冰地走出每一步。

6月20日，德国驻华公使克林德在前往总理衙门途中被清军伏击身亡，这一事件成了西方列强发动战争的借口，公然发动了侵华战争。6月21日，清政府以光绪的名义向英、美、法、德、意、日、俄、西、比、荷、奥等十一国宣战。6月25日，载漪、载勋、载濂、载滢四兄弟率义和团60余人直奔瀛台，试图先杀了光绪，再报请慈禧"恩准"，被慈禧提前得知出面劝阻。7月14日，八国联军攻占天津，直隶总督裕禄于8月自杀。7月28日、8月11日，清廷相继杀了主和派大臣许景澄、袁昶、联元、立山、徐用仪等人，说明此时已经不是载漪等人看慈禧脸色行事，而是慈禧开始讨好载漪等亲贵了，载漪等人非但无人胆敢出城"灭洋"，反而在朝廷内部大开杀戒。他们放风要杀一龙（光绪帝）二虎（李鸿章、奕劻）三百羊（即京官中除18人外全部杀掉），想必此时慈禧才明白，这些权贵"灭洋"是假，"扶清"更假，真实的目的是夺得皇权。8月14日，侵华的八国联军兵临北京城下。8月15日晨，慈禧、载漪等率皇室仓皇"西狩"，逃难途中下令各地清军停止抵抗，专职剿灭义和团。9月7日，发布上谕，把慈禧的责任推得一干二净，坚称："此案初起，义和团实为肇祸之由，今欲拔本塞源，非痛加铲除不可。"

朝廷下达剿灭义和团的命令的同时，慈禧下旨将原山东巡抚毓贤革职，发配新疆。其实毓贤并非真心要"扶清"，也非真心要"灭洋"，更没有半点"民可用，团应抚"意思，他就是一个伪装忠义的滚刀肉，既无主见，也没信仰，人生的目的就是"混个大官当当"，却恰巧出现在了这个历史节骨眼，成为倾覆清朝的最锐利的顽石。毓贤出身汉军正黄旗，先捐监生，后纳赀知府，48 岁那年署曹州知府。当时，曹州民生凋敝，盗匪蜂拥，毓贤上任既无能力改善民生，也无办法招降纳叛，为树立威信大开杀戒，曾在短短 7 个月内，处死 2000 多人。惯盗杨炮会偷一包袱被官军追赶，无奈之下杨将包袱丢于路边一于姓人家，结果杨炮会逃之夭夭，于姓人家全家被杀，诸如此类的冤死百姓不知有多少。毓贤任曹州知府 4 年，得了个"屠户"大名，升任山东巡抚后，血腥镇压包括大刀会、红拳会、义和团等百姓组织变本加厉，动辄出动正规军围剿封杀，丝毫没有人心的意识，更不要提"爱民"二字。这也难怪，清朝走到此时，旗人中实在挑不出像样人来，只能选此靠买官上去的"狠角"，此类人不会有多少家国情怀，更没有任何实际能力，最大的长处就是对上察言观色，投其所好，对下横征暴敛，嗜杀树威。戊戌变法后，帝后两党之争已经公开，毓贤心依何方其全在望风使舵，恰巧这时山东美国传教士联名控告他黑白两道通吃，坑官害民，美国驻华公使康格亲自出面交涉，要求撤换巡抚毓贤。此时，毓贤才意识到，洋人对他本人权位的威胁超过了义和团，遂有"民可用"的上书，其实这仅是他的权宜之计，并非真实的想法，就在他被撤换的前两天，他急匆匆地下令处死了诱捕到济南的山东义和团首领朱红灯和本明和尚，这恐怕才是他的真心流露。

毓贤重新起用，改任山西巡抚，从 1900 年 7 月 9 日开始，在一个多月时间内，共杀外国传教士 191 人，中国教民及其家属子女 1 万多人，焚毁教堂、医院 225 所，烧掉房屋2 万余间，山西成为当时各省死人最多的省份。

…………

翌日凌晨三点半，火车缓缓驶进了格尔木。

凯恩斯救不了军国主义

虽然早上四点才在格尔木住下，七点便匆匆起床，揉揉眼，扒拉几口饭，开车前往约三百公里外的吉乃尔盐湖。

路上经过一百多公里的"沙漠网红公路"，两旁多是风塑成的城堡状的"魔鬼城"，不规则地站在起伏跌宕的山岗上，地黄天蓝，风貌奇特，一望无际，只有一条黑色的公路，随着地势的起伏，仿佛挂在天际，苍茫地伸向远方……
…………

影视城门口。

"我们这一行不能称'网红'，国际上通行的叫法是'明星'！网红没啥门槛，我们影视界不演几个主角根本称不上'明星'，档次不一样。"眼前这位年轻的瘦脸明星斜睨我一眼，转身把女友拉到前面。

我心里咯噔一下，说实话，平生还没见到如此瘦削的脸庞，恐怕只有动画或科幻镜头才有，现实人间烟火生活中不可能存在，愕然片刻下意识地摇摇头。

那位年轻的明星显然错会了我的意思，瞪大眼睛问：

"怎么，不满意？"

"不敢不满意……"我刚开口，同事接了过去。

"没有不满意，我来是看外景，不看演员……怎么，你们原来就这么瘦吗？"和我一起去的同事接过话道。

那年轻人顿时有些丧气，说话也少了些客气，再次斜睨我们一眼，道："外行，没眼光，现在正面人物都是瘦脸，瘦脸上镜知道不？我就知道你们不懂！正面人物都得像她这瓜子脸，反面人物才是大嘴暴眼、一脸横肉，这种形象群众演员堆里多的是，他们能当主角吗？主角都得是瓜子型瘦脸，像我这样，说你们也不懂！"

"事情恐怕与你的思维定式恰恰相反。"我脑海里突然出现那个脸瘦阴鸷、戴着宽边眼镜、酷似文弱学究模样的人，但凡老辈人一眼都能认出他，即便他脱下那身日本皇军上将军服。

"相反？"那青年摇摇头，打量一下我的穿戴，估摸着也不像是个"制片人投资商"，拉起女友就要走。

我那位同事追问道："我能不能也整成你这模样？"

那对青年男女相视"哈哈"一阵大笑，凑近我同事上下左右打量一番，撂下一句："来不及了！"两人牵挽着扬长而去。

…………

1900 年，八国联军侵华入京，俄国则利用地理条件的便利，出兵占领了东北，这与谋取独占中国的日本形成了利益冲突，虽说各列强都获得了在中国驻军的权利，然而日俄之间还是爆发了战争。1904年2月8日，日本偷袭了停泊在中国旅顺的俄国太平洋舰队，两国断交开战。

此时的冈村宁次刚从日本陆军士官学校毕业，分配到麻布步兵第一联队任小队副，日俄战争爆发后，他异常兴奋，多次请战，最后如愿以偿，入编皇军新编第十三师团参加了库页岛战役。

虽说是日俄战争，但主战场都设在了中国东北，日军在英国的庇护下，先后在辽阳、沙河、旅顺、奉天击败了俄国陆军，又在对马海峡歼灭了千里迢迢赶来参战的波罗的海舰队。

对这场发生在中国土地上的战争，并且是为争夺各自在中国的利益的厮杀，交战双方都无所谓正义不正义，就连日俄两国也没多费口舌。奇怪的是，中国一些学者非但没有谴责双方，反而认为，这是君主立宪国家对封建专制国家的胜利。

其实，这场战争暴露了西方民族国家理论及传统世界秩序安排的一个无法解决的内在矛盾，根据西方民族国家理论，一个民族、一个国家，生存竞争是与生俱来的权利，有竞争有发展，就有可能带来不平衡，就可能有冲突有战争。而旧的传统政治秩序安排是采取力量均衡的政策来维护微妙的和平，它的根本缺陷是缺少内在的公平正义，单单以追求力量均衡为目的很难实现，因为发展无时无刻不在进行，无时无刻不在改变力量对比，均衡随时可以打破，冲突和战争势必连绵不绝。日本早就看出世界秩序安排中的这一漏洞，所以在甲午战争前就确立了打破"势均力敌"秩序的战略，经济上以发展重化工业、航空造船和军工生产为主；外交上采取远交近攻、联英制俄的方针；国内则启动了不断神化自己，向战争体制转型的进程。

日俄战争实际上是日本确立战争体制的需要，它在甲午战争中打败了东方大国，现在需要一场打败洋人的战争，只有打败了洋人，才能证明日本的战略和神道学说的优势，才能逐步达到独占中国的目的。

日俄战争结束不久，第一次世界大战爆发，在全世界范围内再次演绎了西方民族国家理论和力量均衡统治的内在缺陷。

1921 年，冈村宁次作为巡回武官赴欧美考察，在此期间，奉召参拜了时为皇太子的裕仁，裕仁耳提面命授意冈村等人讨论全面对华战争的设想。同年 10 月底，被称为日本陆军"三羽乌"的永田铁山、小畑敏四郎、冈村宁次在德国巴登巴登的一家疗养院里秘密举行聚会，东条英机则在浴室门外放哨，据说这三位少壮派提出了"消除派阀，刷新人事，改革军制，建立总动员势态"的建议。这次聚会被日本史学界视为昭和军阀的诞生日，其他国家的人对此不解，认为三位日军少佐级军官密谋点事，怎么能成一代新军阀诞生日？如果把这件事放到当时日本国内政治和皇位传承的背景下，大概才能看出这次聚会的确影响深远。

　　日本明治天皇通过一系列维新举措，把一个落后的封建制国家发展成了一个君主立宪制的军事化工业国，完成了向帝国主义国家的转变，跻身世界八大工业国之列，甲午战争战胜清朝，日俄战争再胜强俄，对日本最大的贡献是 1910 年吞并朝鲜，把明治天皇的地位和天照大神"万世一系"的神道传说，抬到了一个至高无上的位置。明治天皇晚年虽患糖尿病，继发尿毒症，但并没有在公众面前表现出多少失态。1912 年 7 月 19 日，天皇事务宫内省公报，"圣上精神略呈恍惚状态"，7 月 30 日明治天皇去世，时间不长，也没有负面言行流传宫外，基本维持了"神人"形象。明治皇后一直没有生育，明治天皇与其他妃子共生 5 子，只有三子嘉仁存活了下来，也是自幼多病，患脑膜炎留下严重的后遗症，性格暴躁，行为怪异，常以鞭打侍从为乐，崇拜西方殖民强权，留的胡子都是德皇威廉二世式的牛角胡，继位没几年又患脑血栓，继发精神病，在公众场合还时不时地做出一些诸如把诏书卷起当望远镜的搞笑举止，根本看不出天照大神后裔的模样。眼看着天皇神道就要经营不下去了，日本政治元老们一致决定，1921 年无论如何也要把他换掉，由太子裕仁摄政。裕仁就是在即将继承大位之时，向冈村宁次等人交代了他平生的抱负和目标，那就是在爷爷吞并朝鲜的基础上，发动全面对华战争，吞并华北华南，并将其余的部分肢解成相互争斗的 5 个小国家，做出比爷爷明治更能"武运长久"业绩。冈村宁次等人当然心领神会，除了当时在德国巴登巴登参加密谋的 4 人外，他们很快又找了 7 位年轻的驻外武官，形成 11 人的团体核心，拉开了全面侵华战争的序幕，国家的方向和命运就这么草率地决定下来了。想通历史深处这个细节，以后日本做的所有决策，大致都能弄明白，日本开始成了自有人类以来最野蛮的战争策源地。

20 世纪初，以英帝国为首的西方国家发展到鼎盛阶段，只是盛极必衰，开始有些力不从心，国际秩序和实力均衡的政治和哲学双双走进死胡同。1928 年，英、美、法、德、意、日等国签订《非战公约》，公约里有以"本国人民的名义"宣布，"不再以战争作为国策工具"的字样，公约传回日本后，舆论哗然，认为这个条约宣告的内容侵犯了日本天皇的权力，抗议示威，后来硬是把田中内阁赶下了台；同年，日本在皇姑屯炸死了军阀张作霖。

1929 年，世界爆发资本主义经济危机，表面上看日本碰到的困难和西方国家差不多，都是贸易下滑、工厂倒闭、失业大增、整个社会生活陷入混乱等。面对这种情况，西方国家采用了凯恩斯主义，也确实起到了挽救西方资本主义的作用。凯恩斯认为，西方国家从 18 世纪晚期开始，始终把增加经济产出作为经济学的基础，没有把生产、需求、就业统一起来考虑，经济发展的总供给和总需求实际上不断变化，打破供给需求均衡的往往是需求不足，供给相对稳定；就业主要取决于总需求，有效需求不足主要有三个心理因素；解决当前危机，政府可以采取积极的财政政策，改善需求不足，可以通过扩大投资、增加就业和基础设施建设、扩大社会救济、提高社会福利、增加对公共工程建设的投资、稳定物价和工资水平等措施解决当前的问题。根据凯恩斯主义，西方不少国家进行了大规模的公共设施建设，推出了《工业复兴法》，加强了政府对资本主义的调节和控制等，当然，生产过剩危机是资本主义基本矛盾决定的，凯恩斯主义不可能从根本上解决这一问题，它只是缓解了这些表面现象；而日本则不一样，很长一段时间一直处于贸易入超状态，再加上1923年关东大地震，损失较大，实际上是供给生产不足、物资匮乏，过剩的是大规模武器生产、毒气生产、军队数量和300万退伍回乡军人以及日益高涨的军国主义情绪，日本军政上层对此心知肚明，也都知道凯恩斯主义消化资本主义生产过剩的药方根本不适合于日本，它能救资本主义，却救不了军国主义。一次，日本枢密院开会讨论给银行发钱救市，枢密院总顾问大言不惭地说："我敢断言，今日之危机，乃现内阁内政外交失败之结果。"竟然把日本经济危机归结为对华政策软弱。1930年，日本政府滨口内阁在伦敦签署了裁军协议，遭到日本海军统帅部的反对，同样认为内阁侵犯了天皇的统帅权，不过，这次更干脆，直接派人在东京车站刺杀了内阁总理大臣滨口雄幸，类似这样的事件在20世纪二三十年代可以说是没完没了。政变、刺杀反过来又激励起更高涨的"爱国"情绪，把日本遇到的所有问题统统归结为对外扩张不力，解决日本一切问题的出路说到底只能是发动战争。于是乎，无论是学界还是军界，不失时机地推出各种侵华和对外扩张理论，各种学说、各种战略构想扑面而来，一个比一个立意高深，一个比一个胆大妄为。理论家北一辉说：当前已经进入建立黄种人的罗马时代，"旭日旗要给全人类以光芒……应有夺取全地球之远大抱负，最终建立一个'革命'之大帝国主义，使后世叹赏的黄种人罗马帝国"，"中国不是一个国家，而是一个地理概念"，等等。最具代表性的是石原莞尔的"世界最终战争"理论，该理论浅薄粗糙，没有多少历史依据，多是猜测妄想，他认为，人类文明发源于中亚，分为东西两支，现在两个文明已形成隔着太平洋对峙的局面，对峙到一定程度只能通过战争走向统一，"是天皇作为世界的天皇呢，还是美国的大总统来统治世界?!"当然，石原坚信"日本国体的大精神终将贯彻于世界全人类，以日本天皇为中心的和平时代必将到来"，为了这一天，人类必将进行最后的决战，决战将在日美之间进行，为准备与美国决战，必须立刻进行对中国的战争，而对中国作战，又必须先行占领满蒙云云。1929 年 7 月，石原首次发表了他的"最终战争论"，并为此专门制定了作战方案和实施细则，只是顾虑到日本政府签署过《九国公约》《非战条约》，石原才"含泪退到满蒙独立国家案来"，搞了个《满蒙问题解决策略》；拿到这个方案，日本关东军的参谋们沸腾了，眼看着天上又要掉大饼了，整个日本皇军进入战争发动阶段，包括石原本人也都认为石原应是"满洲国建国之父"。

1931 年 9 月 18 日，以日本新军阀东条英机、板垣征四郎、土肥原贤二、本庄繁、石原莞尔等人为核心，发动了"九一八"事变。制造事变的主谋石原莞尔、板垣征四郎事后升官晋衔，关东军司令本庄繁和擅自下令越境出兵东北的驻朝鲜军司令林铣十郎，则受到天皇的特别褒奖，由此再回头看看 1921 年裕仁对冈村宁次等人的嘱托，日本皇军中一切诸如"以下克上""七七事变""南京大屠杀"之类无法无天的恶行都可以迎刃而解。

…………

吉乃尔盐湖在青海大大小小 100 多个盐湖中并不太出名，看样子正在收缩，通往湖边有一段长长的路，路面上是一层坚硬的海盐结晶，走到湖边见绿水蓝天相连于尽头，给人"云青青兮欲雨，水澹澹兮生烟"的无限遐想。青藏高原本就是海洋，长期的地壳运动使原本的海底变成了高原，海水留在了一些低洼的盆地，形成的盐湖像撒下一把绿色的珍珠，嵌在了高原上，谁去看后都会动容。这让我想起了甲骨文的"海"字，甲骨刻辞"海"字释义为"天池"，先祖们心目中的海不知道是浙闽的东海，还是青海的盐湖。商朝的先民究竟发源于何方至今仍是史学界争论不休的课题，也让人无从猜测他们心目中"海"的模样，不过从情感上讲，我更愿意相信先民刻下的"海"就是高原上的盐湖，那茫茫绿色湖水的尽头是蓝色的天际，扶摇起大块大块的云朵，变幻出千年的沧桑，没有纯洁的心灵，没有天地辽阔的胸襟，祖先们无论如何也造不出"天池"如此美妙且深刻的"海"字。

…………

许多学者，包括日本学者，无不对近代日本无止境的对外侵略扩张迷惑不解，吞并朝鲜，侵略中国，与俄、美、英、法开战，组建轴心国，挥师东南亚，咋看都不像是正常人的表现。当然，日本学者和其他国家的学者反思的视角不同，尽管大家纷纷从制度、文化、社会，尤其是从当事人决策过程中寻找失去理性的原因，认为日本集体丧失理性，都不去踩刹车，是战争失败的主要原因，看似都在反战，其实相当一部分日本学者反的只是战败。日本学者堀田江理的《日本大败局》通过对"偷袭珍珠港"决策过程的勾勒，得出结论——每个人都是明白人，可谁也不愿意说不，都指望别人先出头，然后再附和，酿成集体失去理性的灾难；还有学者认为，日本吞并朝鲜后，至少"九一八"侵占东北后，已经解决了日本国内的大部分难题，如果能够知足止步，那么世界将是一个全新的格局，日本也不会失败。其实，类似这样的说法，都没有从历史深处、从丧失基本人性中找原因，只是隔靴搔痒。

说到底，任何文明都是一种约束，各种文明内涵的智慧哲学、信仰道德、文学艺术、经律价值观等，通过长期的内化引导，教育整合，培养出人的基本品质和良知，或者说人性，它是高于各国利益之上的原则，而明治维新革除掉的正是这个文明的内核。许多学者把失去理性的决策比喻成人们没有踩刹车，似乎有一定道理，制度上没配备刹车装置，更重要的还是司机根本没有刹车的良知，眼前盯着的只有挥师千里烽火连天的快感和堆积如山的战利品，而忘了整个日本正在驰向万丈深渊。

"九一八事变"后，日本陆军有的主张北上进攻苏联，有的主张南下与中国作战，海军则坚持与英、美、法、荷迟早要进行一场决战，只有内阁总理大臣犬养毅考虑到财政支持战争的能力，提出一些不同看法。1932 年 5 月 15 日，日本海军 11 名军官发动政变，直接把犬养毅给杀了，政变失败后，这些军官到宪兵队自首，在军事法庭审理期间，法院收到了 35 万封免刑的请愿书和 11 个断手指。更疯狂的是，法庭竟宣告这些军官无罪，把他们给放了。1933 年 2 月 21 日，由 42 个国家组成的国联以 41 对 1 票通过决议，要求日本从东北撤军，日本政府外相松冈洋右大步走上主席台宣告：日本从此退出国联！他虽然在全世界的鄙视下溜出了会场，但回到国内却受到英雄凯旋般的夹道欢迎，日本真的疯了，不是因为艺术，而是丧失了世界绝大多数所具有的人性。

战争是日本明治维新确立军国体制内在逻辑发展的必然结果，神道天皇体制的合法性来源于战争，一旦停止战争，就会使日本吹起来的神道泡沫崩裂，消失得无影无踪，因此，它只能没完没了地打下去；另一方面，从甲午战争到日俄战争，从"九一八事变"到偷袭珍珠港，日本每次对外大的作战几乎全是长期谋划，突然偷袭，先下手为强；战法手段上，往往整个村庄、整座城市，采取"三光"政策，屠杀、强奸、掠夺，毒气、细菌武器大规模广泛使用，这些行径在世界战争史上无出其右，这也印证了美国总统罗斯福的话，保卫文明，实际就是保护人性。

1933年2月21日，也就是国联通过日本撤军东北决议的当天，日本再次发动了热河作战，3月11日，占领热河；1937年7月7日，挑起全面的对华战争。

…………

60多年前，格尔木市还是一片荒漠，毛主席作出进军西藏宜早不宜迟的决策后，考虑到西藏特殊的地理环境，决定将格尔木作为一个提供物资后勤保障的战略支撑点。最早来到这儿的军人，从在格尔木河边搭建帐篷开始，至今已经把这块荒地建设成一个十分亮丽的城市，一排排钻天杨临风挺拔，整齐的街道宽敞洁净，使格尔木成了通联西藏新疆的重要枢纽。从历史的角度看，格尔木建立的意义应当不亚于在中国的南海边画了一个圈，如果说格尔木过去是以物资保障为主定位自己的话，如今面对高原现代化的要求，格尔木理应肩负起为现代化提供思想观念、人才技术、物质文化等全方位保障的使命，如此一来，按照国家要求，兴办格尔木"高原现代化大学"或是"扎根高原学院"势在必行。

晚上，与远在他乡的老友喝了点酒，乘着酒兴，仰望夜空，竟然发现童年时心仪的星星仍然挂在天上原来的地方！转念一想，那些星星奔波数亿光年甚或上百亿光年后，我才得知它的存在，反观人生百年真的可以忽略不计！人老了，它还是那样熠熠生辉，曾经的我不止一次对它许下诺言，回头看看，竟无一件成真，甚至连那些诺言都模糊起来，内心一阵沮丧悲凉，脚下忽左忽右，跌跌撞撞孑然前行，突然又想起毛主席晚年曾多次表示要骑马到黄河源头看看，甚至还跟黄河源头所在地方的领导打过招呼，我想其中一定有格尔木。遗憾的是最终他老人家未能成行，如果他能看到他的情怀，他擘画的蓝图如今的模样，他一定很高兴，这样该有多好啊！

　回望中原——一段捡读历史真相的心路

中国靠什么以弱胜强

从格尔木开始便接通了全国高速公路网，计划晚上投宿西宁，看看导航 770 公里，途中景点不多，决定提高车速，争取天黑前赶到。

西北这段高速没有路基，路宽车少，一路畅行，除了偶尔会有"动物通路，小心慢行"的警示牌外，车速基本上都可以达到 120 千米/小时。与内地高速略有不同的是，高速没路边栏杆，双向四道，中间相隔的是宽宽的草地，路况尚属平坦，视野辽远，弯道不多，服务区更少，碰到加油站就要加油，因为下一个加油站距离无法估算。

…………

从照片上看，冈村宁次的确其貌不扬，枯瘦老脸，戴着一副宽边的老式眼镜，透过镜片可见那双专注阴森的眼神，甚至还有些忧郁，怎么也无法与他独创的战法和恐怖手段联系起来。特别是在华北地区，日本大本营为对付八路军，可以说从全日本选了一个最冷血、最具心狠手辣的角色派了过来。

1923 年，日本关东大地震，日本政府成立"关东戒严司令部"，冈村宁次晋升中佐，临调到司令部宣传情报部，中国政府和人民倾囊相助，支援日本抗震救灾，经过冈村等人的新闻检查后，基本未见踪影，全是"天皇神助"。1925 年5 月，上海日本纱厂工人罢工，日本资本家枪杀工人顾正红，引发"五卅惨案"，时任日本驻华武官的冈村宁次却巧妙地把中国人民反帝矛头集中到了英国头上，当年日本对华出口总额非但没有跌，反而比上年增长 12%。中国第一次北伐战争期间，冈村宁次充当军阀孙传芳的顾问，他竟偷走了孙传芳的全部军用地图，躲进了日本长江舰队，获得一大笔奖金。1932 年 8 月 19 日，面对东北如火如荼的抗日局面，日本军部将已升任少将的冈村宁次转任日本关东军副参谋长，主持负责围剿东北抗联及所有抗日军民的所谓"治安"任务，冈村宁次先从制定《治安警察法》《暂行惩治叛徒法》《暂行惩治盗匪法》入手，把各路抗日义勇军说成"叛徒""盗匪"，接着建立地方武装，招募伪军，收买土匪，成立专门对付抗日武装的所谓"谋略"部队；继之，调集关东军 5万余人，划分区域，逐次展开围剿，采取"步步为营，重点突破"的战法，围剿战中特别注重情报宣传和收买策反工作，使得东北三省的各路抗日武装绝大多数被剿垮，无数抗日战士献出生命。1933 年 5 月，冈村宁次又被抽调参与塘沽举行的停战谈判，强迫中方接受《塘沽协定》，等于把平津地区变成准"满洲国"，承认长城一线为日军占领线，冈村宁次代表日本签字。"七七事变"后，冈村宁次一直冲在侵华战争各大战场，先是出任华中派遣军第十一军司令，指挥进攻武汉，后又指挥进攻南昌、长沙、宜昌、枣阳，发明坦克劈入战、毒气战等一系列新型战法，其中，坦克劈入这种大跨度分割包围战法的运用比德国古德里安还早一年多。

1941 年 7 月，冈村宁次出任华北派遣军司令，上任后，他先躲到北京郊区翠明庄研究了他前三任的得失。在冈村宁次之前，日本华北方面军已有三任司令，分别是寺内寿一、杉山元和多田骏，个个都是嗜血成性的军国主义死硬分子，然而这三人都没有办法掌控华北局势，眼看着中共领导的八路军和国民党的敌后部队不断壮大，苦是想不出什么高招扭转局面。第三任华北派遣军司令多田骏研究了世界上不少成功战法，尤其是中国近代一些战法，如曾国藩围剿太平军、捻军的"结硬寨，打呆仗"，蒋介石围剿红军采用的德国塞克特的堡垒战法，等等，比葫芦画瓢提出个"囚笼政策"，具体讲就是以"铁路为柱，公路为链，碉堡为锁"，点线结合，深沟壁垒，将不同地区建成个个"囚笼"，然后再逐个进行"肃正"作战。1940 年 8 月，八路军发动"百团大战"，先是沿着正太路"破柱拔点"，不久，就扩大到了整个华北地区，日本人这才发现"囚笼"实际上成了漏斗。事后，有一位天皇的皇亲国戚牵头，组织华北派遣军搞了一次调查研究，得出两个基本结论，一是整个华北地区除日军占领的点线外，广大地区仍然被中国政府和中国军队控制；二是共产党八路军建立根据地的做法与国民党的统治是完全不同性质的战略，中共是党政军一体的组织，他们"巧妙地把思想、军事、政治、经济等各项措施统一起来"，有明确的使命感，通过组织动员群众壮大自己，且将其努力分配于七分政治，三分军事，日军单靠军事力量无法取胜，指明"共党是华北治安致命的祸患"。报告还强调，应将华北作战上升到战略水平，增强军事派遣，最后，该报告提醒日军大本营，如果"对华北所发生的根本不同性质的变化完全没有认识"，日本将很快丢掉华北。

也正是在这种背景下，日军大本营撤换掉了多田骏，换上了更加血腥、更加阴险的冈村宁次。他到任后首先对华北地区整个事态、各部队战力状况、创建沿继、首脑动向、战术特点、华北国共两党的关系，以及两党与地方百姓的关系等，进行潜心研究，提出在囚笼作战基础上进行"蚕食的总力战"，即政治、经济、文化、科技、军事一体的"蚕食战"，采取的措施也是"七分政治，三分军事"，只不过他的"七分政治"是大规模运用情报和特务手段的办法，大刀阔斧地对情报机构进行了改革，大胆吸收伪政权里的中国人，以华治华，以战养战，独创了一套依靠情策和实行"三光"政策的最血腥的占领统治模式。

"蚕食作战"大概是冈村宁次发明的一个概念，也就是在保留原来的囚笼基础上，将整个华北划分为"治安区""非治安区""准治安区"，针对不同类型地区采取不同的作战方式:"治安区"采用"清乡"为主的扫荡作战,保甲连坐,强化"统治",巩固日伪政权;"准治安区"是总力战的重点,开展"蚕食作战"。冈村宁次大致规划了蚕食战法的三个步骤,第一步渗透,即向"准治安区"派遣特务,开展秘密活动,寻找可利用对象,建立地下"维持会",一旦条件成熟,即由日军采取大规模扫荡活动,捕杀抗日群众,公开建立伪政权组织;第二步将现有的囚笼封锁线向前推进30~50里,建立新据点,连结形成新的囚笼网格,将新的蚕食地区包围在网格之内;第三步巩固"准治安区"的伪政权,向新的蚕食目标推进。

冈村宁次的蚕食区域划分用中方表述就是"敌占区""游击区"和"根据地"。

日军在我根据地内安插"内线",分化瓦解,挑拨离间,制造矛盾,采用经济、文化、宗亲传统、金钱利诱等各种手段,经过隐蔽、缓慢、零星、坚定、变化多样又残酷无情的方式进行蚕食,再集中力量捕杀网格区内的中国军队,使整个华北地区的抗日武装遭受巨大损失。

1941年,中国抗战开始进入可以说是最艰难的时期,整个华北地区的根据地、游击区大部分沦陷,只有6座县城掌握在中国人手里,华北1亿人口中只有1300万人在中国政府控制下。日军对我根据地的扫荡大多采用"三光"政策,即杀光、烧光、抢光,一些无法蚕食的"准治安区"则制造"无人区",实施这一系列的新战法后,华北日军"蚕食作战"的绩效达到了顶点。

…………

一次去许昌搞调研，恰好有数据涉及襄县，工作完成后，顺道拐到了日本"花冈暴动"总指挥、"抗日英雄、民间向日索赔第一人"耿谆家。

耿谆1932年入伍，1944年任国民革命军第15军191团2营5连连长，参加洛阳保卫战负伤被捕，与千余名战俘、劳工一起被押往日本为鹿岛公司做苦役，短短半年时间，竟有200多人死于毒打、饥饿和虐待。1945年6月，他率剩余的700多劳工暴动，杀监工多人，甚至还解救了被捕的美军战俘。暴动失败后，耿谆再次被捕，并被判死刑。1945年8月15日，日本天皇发布"终战"宣言，耿谆被宣判无罪释放。1946年，耿谆回国，一直在家务农。1984年起，多次赴日代表花冈暴动及死于鹿岛公司的986名华人劳工索赔。

我去那天，耿谆正在院里纳凉，见有客人急忙起身，当时他已是90多岁的老人，看上去有一种历经生死磨难后的豁达、淡定、乐观，同行的襄县同志相互介绍后，特意强调想听听"与日军作战的实情"。耿老逢人便笑，说话之前也是先"哈哈"两声，搬出两个板凳坐下后，从近两年的物价波动到襄县种植烟叶的历史，从去年秋天庄稼地里的虫害到驳壳枪的杀伤距离，半个多小时愣是没聊到正题上，同去的襄县同事，两次提醒他"讲讲与日本人打仗的事"。耿谆收敛起一脸笑容，从鼻子里长出一口气，仰头望望满天的晚霞，一脸蔑视地说了句："没有人性，也不是所有日本人没人性，我见过有人性的日本人不多！"沉默良久后，感慨了一句："中国能从那场战争中活下来真不容易！"

我注意到他说这句话的时候双手不由自主地一直颤抖，然后便是长时间的沉默。

我立刻想到了冈村宁次那张戎装照片，豁然明白了在那副老式眼镜后的心计谋略，记得八路军副司令彭德怀在一次讲话中说："冈村这个家伙是很厉害的一个人，他有许多地方值得我们学习，山田医生告诉我，他是日军三杰之一，要注意他，这使我得了些益处。冈村有很多本事，能实事求是，细致周密。每次进攻，他都要调查半年之久，做准备工作。没有内线发动配合'维持'，他不进行'蚕食'，他不出风头，不多讲话，不粗暴，你从他的讲话里看不出他的动向来，他经常广泛地收集我们的东西，研究我们的东西。他是朝鲜、东北的参谋长，老练得很，是历来华北驻屯军 6 个司令官里最厉害的一个。"

…………

1942 年，河南局部地区大旱，国统区在全省 110 个县中占有 73 个，年底，国统区内小麦从 6 毛一斗涨到 300 块一斗，一斗半粮食就能换一个大姑娘，草根树皮被饥饿的人吞咽一空，白骨饿殍累累蔽野，童孩少女沿街叫卖，举目望去赤地千里，城市村庄十室九空，逃荒要饭的人群连绵不绝，野狗吃人吃得两眼通红。

除了旱灾之外，夏秋的蝗灾可以说是减产绝收的另一个原因。1942 年 8 月 2 日，国民政府河南省政府主席李培基致电中央赈委会，作了如下描述："本省蝗灾迭经电报有案，蝗虫初瘦，现黄泛区域蔽日盈野，掠河而西，已据呈报蔓延区域计有：巩县、偃师、洛阳、伊川、孟津、许昌、鄢陵、临颍、禹县、宝丰、长葛、洧川、馆城、鲁山、郏县、新郑、尉氏、鹿邑、郸城、西华、太康、淮阳、汜水、临汝、宜阳、叶县、嵩县、汝南、西平、温县、开封、中牟、郾城、武陟、商水、密县、方城、荥阳、瑕山、唐河、灵宝、上蔡、泌阳、洛宁、螃阳、孟县、原武、扶沟、广武、郑县、登封、渑池、新安、伊阳、遂平、南召等五十六县，黄谷高粱玉谷多被食损，不数日幼蝻即生，麇集啮食，为害尤巨。一禾之上常聚数十啮食禾苗，顷刻立尽。"从这份电报可以看出，蝗虫发生最初应当是在沦陷区撂荒地里或在新老黄河滩区，稍长形成集结，"蔽日盈野，掠河而西"，从沦陷区飞入国统区是没有疑问的。据当时人记载，1942 年的蝗虫全为红色，红头红背黄肚皮，只有头后那段硬壳呈黑色，个头奇大，能蹦的幼虫达一寸多，能飞的成虫竟有二寸多，成群结队，飞起来遮云蔽日，落下来山河变色，密密麻麻铺上一层，这与正常年份的蝗虫或绿或黄、有大有小很是不同。更让人称奇的是，这年的蝗虫导航能力非同寻常，一个种群一般宽约 10 里，纵深 20~30 里，成千上万只蝗虫无一例外保持同一个方向，无论是平原山寨，还是河流山川，它们只要认准一个方向，或跳，或跃，或飞，坚定不移一往无前，一天一夜可向西南移动 30~50 里，一路上夹带着令人不寒而栗的鸣叫声席卷向前，所到之处，庄稼树木、瓜果梨枣，就连百姓家的锄头把也要啃食一番，其状让人看后头皮发麻。

有人记下蝗虫群过河的情景，开始蝗虫并没有经验，只是相互抱团滚成篮球大小的虫疙瘩，滚入河中，向对岸漂移，后发现离岸不远便受水浸，慢慢下沉，未到对岸只得七零八落，四处逃命。于是，蝗虫便总结经验，抱团越抱越大，从箩筐大小逐渐聚成黄牛一般大小，滚入河中后，奋力向对岸跃进，尽管一部分蝗虫会死于途中，但大部分蝗虫仍能到达对岸。

蝗虫群在南下一段时间后，便会"原地驻扎"，掠食的劲头也会相对减少，一连数日原地不动，如同潜伏的暗哨，悄无声息，除偶尔会因争夺地盘旋起一团飞虫外，看上去已经失去了一往无前的精神。大约一周时间，或许在一轮皎月几缕闲云当空的夜晚，蝗虫如同接到命令一般，突然"哗啦啦"地掠空而起，平地掀起雷鸣般的轰响，似龙卷风升腾，天旋地转，刹那间出现层层飞云，掩天遮云冲向天际，不一会儿便戛然而止，地上再也找不到一只蝗虫，至于它们都到哪儿了，谁也说不清楚。

治蝗其实并不难，民国河南省政府一番番上报赈灾，却少见组织灭蝗行动；民间因从来没人见过如此大的蝗虫阵势，风传蝗群皆为神虫的诈言，纷纷请出巫婆神汉跳神作法，或是锣鼓鞭炮送虫出境，甚至烧香磕头求蝗群开恩，放百姓一条生路，然而蝗群毫不领情，终致是年旱虫交相肆虐，春夏连旱，秋季绝收，雪上加霜。

河南的灾情先是《大公报》刊登了张高峰的文章《豫灾实录》，主笔王芸生又写了《看重庆，念中原!》的述评，被新闻检查所的人一顿臭骂，取消了王访美领奖许可，勒令《大公报》停刊三天，以示惩戒，在新闻舆论界造成不小的震动，此举却引起了国外同行的注意。1943 年年初，美国《时代》周刊记者白修德、英国《泰晤士报》记者福尔曼，从西安、洛阳一路向东，在郑州附近转了两个多星期，对旱蝗灾情进行实地考察，统计受灾人数，记述的所见所闻、描述的情景更是触目惊心。

虽然他们说的都是实情，遗憾的是只描述了他们所见的表层症状，真正的深层次原因他们却没有找到。

当然，这两个洋人记者每到一地照例会受到地方政府官吏的热情款待，大鱼大肉的标准似乎并没有降低，并且他们与当地官吏百姓座谈中也确实听到不少反映军粮征购数额过高、粮食计量单位由石改包等不合理之处，于是义愤填膺，拍了许多照片，还特意记录了宴会菜单和百姓啃食树根观音土的情景，写了篇报道，从洛阳发报，经成都商业电台传至美国纽约，美国《时代》周刊以"等待收成"为题刊登了这场大饥荒的纪实报道，把造成灾难的主要原因简单地归结为蒋介石及国民政府政策、军队和地方官吏贪腐，以及无视灾情等方面原因，引起国内外舆论哗然。

其实，早在 1941 年，冈村宁次上任之初，便规划了"总力战"框架中的经济围剿方案。日本开始全面侵华战争，就把粮食作为决定战争胜负的要素——列入军需物资进行管理，细化分为甲、乙、丙等多种多类进行供应统筹，并且立法规范，如甲类大米，明确规定，中国人不得食用，违反规定可处以死刑。冈村宁次在严格执行军粮统筹管理措施基础上，进一步提出"以战养战"谋略，配合蚕食作战，从占领区、游击区网格区域内大规模驱赶百姓逃往国统区。1942 年开始更是利用伪维持会保甲组织，采用各种激励措施，大力组织推广鸦片种植，压缩粮食产量，收获的鸦片和粮食均由伪政权和日本商社集中收购，鸦片销往国统区换回粮食存仓。从 1941 年年底开始，从沦陷区不断传出"粮食只进不出，人员只出不进"的情报，痛心的是，这些都没有引起国民党军政各界的重视，即便报上去也没人敢吭。1942 年春，旱情迹像已经显露，各地要求减免征购数量，而国民河南省政府根本不当一回事，汤恩伯仍然号召开展争当全国"军粮第一、兵役第一"运动，建设抗战堡垒的运动；夏季旱蝗双灾，大幅减产，秋季绝收，冬天又加上冰雹风雪，终于酿成了驰名中外的大灾。

国民政府原本可以通过公开的情报信息，把这场灾难的根源找出来，揭示日军侵华"蚕食总力战"的危害和后果，坦承国民政府自身的一些疏忽错误，在一定程度上减轻灾情，缓解民怨，然而不可思议的是，蒋介石处理新闻报道的做法反而加重了这场灾害。当时河南国统区周边三面沦陷，交通物流基本断绝，加上河南驻军大增，供应采取就地取粮办法，原本就很残忍，旱灾蝗灾发生后，蒋介石坚持弃民保军，多次强调"军粮征收不能减"，或明或暗要求各地瞒报灾情；国民政府和省政府官员下县，都是一边视察灾情，一边督促征粮，一手软一手硬，谁都能看出蒋介石真正的心思。

　　白修德的纪实报道在国外发表后，蒋介石恼羞成怒，觉得脸上无光，一来害怕洋人看破他治理无能的真相，失去宝贵的援华物资；二来怀疑国内有人作祟，反蒋势力会乘势问责，失去好不容易积攒起来的"领袖"人气。于是，蒋便一不做二不休，动用一切力量，试图把这场灾难瞒过去。蒋介石把白修德请到官邸，一开始坚决否认白修德报道中写的一些情况，待看到白拍的照片后，表情极为尴尬，"膝盖因为神经性痉挛而轻微抖动起来"，要白提供完整的报告，表示感谢之类言不由衷的话，他也说了两句。事后，虽然河南开展了一些赈灾活动，但重点还是放在了掩盖灾情上，把给白修德提供数据资料的人，无论是官员还是百姓，包括洛阳电讯局帮白修德发电报的报务员都杀了，地方官员更是谈灾色变，变本加厉地掩盖灾情，有个别地方连逃荒要饭都禁止了。

　　蒋介石是真的不知道 1942 年大灾的原因吗？当时就有人

公开说大灾是"三分天灾七分人祸",其中深层次原因想想都让人痛恨。

抗战进入相持阶段后,蒋介石及国民党视华北的共产党八路军为最大威胁,内部悄悄调整工作重点,从情治力量到军队部署上都把防范对付共产党八路军放在了首位,以保存实力为原则,开始与日军眉来眼去;日军也相应地调整了进攻的方向,把共产党八路军作为心腹大患,集中全力进行围剿,只是许多日军部队仍对进攻国民党部队恋恋不舍,只因日军与共产党八路军作战,打的都是硬仗,自身伤亡暂且不说,还不容易打出"战果",围剿国民党部队则大不相同,一般都能取得"赫赫战功"。无论日军还是蒋介石,都把抢粮作为对付共产党八路军的主要"战法",封锁围困我根据地,甚至连针线都列入禁用物品,对河南这场大灾的真正原因都是心知肚明,却故意装聋作哑,这恐怕是冈村宁次"蚕食总力战"得以见效的主要因素,如果再联系抗战胜利后,蒋介石聘任冈村宁次为民国政府军委顾问,就不难理解这场大灾"七分人祸"的成因所在。

1944年9月8日,中共中央直属机关在延安枣园召开"张思德烈士追悼会",中央警卫团政治处主任张廷桢介绍完张思德生平和牺牲过程后,毛主席发表悼念讲话,第一次提出了"为人民服务"是中国共产党的根本宗旨和立党之本,接着说:"因为我们是为人民服务的,所以,我们如果有缺点,就不怕别人批评指出。不管是什么人,谁向我们指出都行。只要你说得对，我们就改正。你说的办法对人民有好处，我们就照你的办。"

…………

原本以为到西宁 770 公里要跑到天黑，谁知下午四点多就到了，住下后，在城里转了一大圈，直到天黑才找了家西宁名吃——拉面，进拉面馆坐下，望着服务员端上来的一大碗面条，愣怔了半天，思绪久久回不到现实中来……

"缴出你们的枪支弹药和姨太太"

出西宁向东 200 多公里就是兰州，路人也许为了赶在节假日高速免费期间回到家，离兰州还有 10~20 公里就开始堵车，京藏高速排起了长龙。

兰州一度是中国人民心中最重要的城市，日本发动全面侵华战争后，英美等国既想保住在华的利益，又不敢得罪日本，采取的政策基本上都是对日妥协退让的绥靖政策，对华劝降劝谈。美国国内反对出兵海外的呼声很长时间占据民意的主流，英法等欧洲国家还曾一度酝酿"远东慕尼黑"计划，企图把祸水引向苏联；欧战爆发后，法国投降，关闭了滇越公路；不久，英国又关闭了滇缅公路，并开始从天津、上海租界撤军。所以战争开始头几年，蒋介石在几乎无路可走的情况下，不得不求助中国共产党，求助苏联，开辟了西北国际大通道。1937 年 8 月，国民政府一边从各兵种抽调专家组成代表团，抓紧制订采购各种军备计划，蒋介石拍板授权，"只要不丧权辱国，什么条件都可以答应"；一边规划从兰州到新疆伊犁 4000 多公里的陆空交通建设。9 月 4 日，中国代表团经几次转机到达莫斯科。6日晚便确定了采购武器的种类数量。7日，斯大林接见了中国代表团，当场表态：对你们急需的抗战物资，特别是作战飞机，我们尽量满足，并且提醒中国代表团，中国最大的难题是"内部的团结"。9月8日，中国代表团与苏联国防部最后敲定了采购40多个种类及相当数量的苏式武器。也就是从这一天，中国开始修建从伊犁霍尔果斯到新甘交界星星峡1500公里的公路和从中亚到兰州的空中走廊，沿途还要修建11个可供200人以上食宿的接待站和5个可供各类飞机续航的机场，陆空物资集中运到兰州后，经过组装，再行分配到全国各战区，时间只要35天！因为合同签约最早一批援华物资通过霍尔果斯的时间是10月3日！

看到这几个数字我的眼泪不由自主地涌了出来，我修过公路，在那个全靠肩扛马拉的时代，要把毛驴走的路改造成汽车走的公路何其不易！纵使秋风瑟瑟，收工后依然能从棉衣棉裤里拧出汗水。如果说这个世界上真有基建狂魔的话，那就是抗战初期的新疆各族人民，在一共只有400多万人口的边疆省份，他们竟然动员了50多万人去修路建机场。其中，锡伯族全族满共只有13000多人，就有7000多人上了工地。锡伯人是乾隆年间受朝廷派遣从东北到新疆戍边的军户，在西部已经繁衍生息200多年，日军侵犯东北后，尽管他们失去家乡记忆已经很久很久，但他们依然懂得为抗日所做一切都是自己应担负的责任。更可贵的是，国民政府开始并没有给钱，或让地方政府"垫付"，参加修路的新疆各族群众大多是自带干粮，全家出动。

9月28日，6个机场航空站如期完工；10月2日，新疆果子沟一带下了一整天大雪，第二天，苏联援华物资车队经过这里时，发现了13具义务护路的哈萨克族群众的尸体，200多名苏联驾驶员为异国建设者举行了追悼仪式；1个多月后，苏联驻华大使鲁尕涅茨阿列尔斯基在国民政府行政院院长孙科陪同下考察这条大通道时，不止一次情不自禁地盛赞中国人民，特别是新疆人民坚毅、勤奋、智慧、敬业的精神，多次盛赞，有这样的人民，何愁抗日不能胜利?!

西北国际大通道从1937年10月开通，到1941年6月22日德国侵略苏联为止，一共运营3年9个月，仅在运营的前3年，据苏联方面统计的援华物资有：飞机1235架、坦克82辆、汽车2050辆、拖拉机30台、大炮4317门、机枪14025挺、枪弹16400万发、炮弹190万发、炸弹8.23万颗。这些宝贵支持帮助中国人民挺过了抗战初期最困难的战略防御阶段。

…………

过兰州便驶上连霍高速，路上车流滚滚，呼啸而过，一眼望不到尽头，更让人想不到的是，稍大点的服务区都出现了堵车现象，一些县市甚至把地方"名优特产品交易会"搬到服务区内，直播带货，现场交易，人头攒动，擦肩接踵，热闹程度不亚于都市逛街。

原计划从兰州拐到宝鸡，查看一番实时导航后，大伙都说这个拐弯得有点大，只得放弃。

抗战初期，河南大学为省立院校，1942 年改为国立河南大学。日军占领开封后，河大经豫南迁往豫西。1944 年，日军发动"一号作战"行动，洛阳、鲁山、嵩县先后失守，逃亡中河大医学院死亡失踪多人，理学院仪器图书毁于一炬，学校人背肩扛着图书仪器迁到荆紫关。1945 年 3 月，南阳失守，惊魂未定的师生又奉命迁往宝鸡，1000 多人步行 800 里到了西安，再从西安乘车，好不容易才在宝鸡武城寺、卧龙寺、姬家殿、石羊庙等处安顿下来。我上学时，学校经历过那场学难的人已经不多，然而口口相传对河大有恩的地方百姓，宝鸡算是一家，滴水之恩，涌泉相报，一代代河大学子对宝鸡便有了一分好感。

提起那次学难，老先生们多从冈村宁次和汤恩伯说起，一开始我也有些不解，多次试图换个视角，都没有找到叙述的支点，最后发现还是原来的视角比较清晰。

冈村宁次研究中国战史多年，一直不主张把进攻的重点放在华中华南，他发现，中国历朝历代凡夺取天下者，多是从北向南用兵，尤其是元、清两朝，都是从东北华北起步夺取了华夏江山，所以他念念不忘的战略就是逐鹿中原后，占西安，过汉中，进击重庆，然后再顺江而下，占领华中华南。1943 年年底到 1944 年年初，日本军部大本营一口气制订了 5~6 个作战计划，他们知道，日本已是秋后蚂蚱，蹦跶不了几天了，然而其赌性难改，决定压上本钱再赌一把，并且深思熟虑地选择在了河南战场。

1944 年 1 月 24 日，日军大本营下达"攻占京汉铁路南部沿线主要地域"的"一号作战"任务；6 月，大本营将冈村宁次调任日军第六方面军司令，负责执行"一号作战"任务。"一号作战"计划分两个阶段实施——京汉作战和湘桂作战，中方称豫中会战和长衡会战，为此日军调集 51 万精锐、1550 门火炮、1.555 万辆汽车，将日军在华 80% 的兵力都投入这次作战，是历史上日军集中动用兵力最多的一次，甚至还从内蒙古、东北调来了仅有的防御苏蒙、苏中边境的重装坦克师团，可以说把日本的老本都压到了牌桌上。

很不幸，中国在最危难的岁月却出了蒋介石这么一个心胸狭隘且外行无能的统帅，又在最重要的时刻最关键的战场，出了汤恩伯这么一个贪得无厌且畏敌如虎的将领。

蒋介石领导抗战自始至终只知道被动防御，几乎没想过进攻，战略战术谋划水平低还是其次，关键是以他的眼光重用的人，个个都集中体现着他"短板"，无形之中就把他的错误放大成了灾难，汤恩伯只能说是其中之一。

汤恩伯和冈村宁次都毕业于日本陆军士官学校，冈村宁次 1904 年以全校第 6 名的成绩毕业；而汤恩伯先学体育，后学经济，1924 年保送到日本陆军士官学校学习，1926 年毕业，外表上看，汤恩伯确实比枯瘦老脸的冈村宁次威武，但内心争雄的斗狠劲和谋划心机却差了一大截。汤恩伯最骄傲的战功是"围剿"红军时，其所部陈大庆旅率先突入中央苏区中心瑞金和抗战参加台儿庄战役。

抗战期间，蒋介石好揽权，把军队视为政权的命根，保住军队，保住政权，成了国家的目的，这可惯坏了诸如汤恩伯一类的"悍将"，虽说从序列上讲，他是副司令，归一战区司令长官蒋鼎文节制，可他根本不在乎司令那一套。武汉会战后，汤部退回河南，要官当上了豫鲁苏皖边分区党政主任，掌控4省一切大权，蒋介石好"面子"，喜欢花架子，善做表面文章；汤恩伯更是把"驴粪蛋表面光"的演技光大成"全国第一"，他的大部分心思并未放在研究对日作战上，而是用在骗取荣誉、哄骗老蒋开心上，刻意营造中原一片祥和、抗战热火朝天、边区固若金汤、汤司令统帅有方、治下俨然一座战斗堡垒的形象。

汤恩伯部几十万大军驻扎河南，汤恩伯要求，从各军部到连队都要建设施完备的操场，小则占地十几亩，多则占地几十亩，操场上要配置木马、单杠、双杠、天桥、障碍超越场等等；部队营房和群众的房子，不管征用没征用，一律按部队营房改造。当时河南农村大多是泥墙草顶三间连体的房院，房子后墙一般不能开窗，汤总司令偏偏下令将三间改为一间，打掉中间承重的隔墙，在后墙上开窗，墙外一律用红土涂抹，贴上花花绿绿的标语，生生把老百姓的房子改造成了危房。

汤恩伯司令部迁到叶县后，一天，他突发奇想，宣称要办什么"边区学院",并且夸下海口,不向上级伸手,也不取之于民,全靠思路"办个学院",正当所有人都疑惑不解、惴惴不安之际,汤恩伯下令将周围十几个县的庙宇祠堂、宫殿剧场等古迹建筑统统拆掉,将拆下来的砖瓦、石料、木材,集中到各县,再由各县组织车马壮丁运到叶县。结果,各县运来的砖瓦、木材、石料堆积如山,只是长短不一、大小不同,形状各异,即便是鲁班再生,也难把这些材料凑到一起,盖成房子。一直到他兵败逃出河南,那些突发奇想出来的建材无一派上用场,吹得天花乱坠的"边区学院"连影儿都没见。

　　类似这样劳民伤财的事,河南百姓虽百思不得其解,也只是敢怒不敢言,然而汤恩伯部的横征暴敛,招来的则是天怒人怨。汤部以抗战的名义征地,征牲口,征口粮,征车辆,征鞋袜衣物,征鸡鸭鱼肉,甚至征用的母鸡还要带上几十个鸡蛋,杜甫诗里写暴征使民贫到骨,在汤恩伯治下的河南确是现实的写照。为此,地方百姓绅士联名向国民政府和国民党中央写信控告,蒋介石非但不管,还连年把汤恩伯树为全国的"抗日名将""征兵征粮全国第一""模范边区"等先进表率。1942—1943 年,河南旱蝗交害,汤恩伯仍然在民国中央政府实施的"军需独立,管理严明"考核中获得"全国第一,成绩优异"的称号。

　　自古以来当兵打仗,关饷吃粮,天经地义,可是到了汤恩伯这儿味儿都变了,他征走的是百姓"保命粮",却不保百姓的命，经过军队层层克扣，到了基层连队，士兵们欠薪欠饷，食不果腹，部队花名册竟有三分之一是层层军官吃空饷的人数，于是开始三三两两地逃跑。1943年后，汤部出现了成群结队的逃兵现象，据当时抽查统计，每个月每个团减员5~60人，这还是中原腹地，连个鬼子影都见不着的地方，比当时郑州邙山霸王城与日军对峙部队减员还要多，霸王城是新黄河西岸日军占据的唯一据点，冷枪冷炮昼夜不停，围困日军的团队每月减员也只是3~40人，说明汤恩伯部的逃兵现象主要是由内部的贪腐所致。

面对减员，汤恩伯不从整肃内部入手，而是简单地采用"抓壮丁"的办法来弥补。河南在全国率先实行了哪个单位出现了逃兵、哪个单位派人抓壮丁补齐编制的"先进"做法，很快抓壮丁便成了汤恩伯部最重要的日常工作。一开始，部队只是到城乡动员年轻人参军，不过，许多人一听是汤恩伯的部队扭头便走。于是乎部队只得改变策略，换上便装，跟踪盯梢，趁四下无人捆起来就走。时间一长，壮丁们也渐渐聪明起来，要么不出门，要么结伴成伙，让"便衣们"找不到下手的机会。有些大户有钱，家人被抓，花钱赎回，这又使得不少有商业头脑的人眼睛一亮，便充当起中间人来，有人抓有人放，有人顶替有人赎买，一个完整的"抓壮丁产业链"应运而生了，产供销一条龙，还能批发零售，使得汤恩伯部参与抓壮丁的团队越来越多，规模越来越大。到了1943年年底，已经发展到整营整连参与的"战役"规模，事前有侦察，战术有创意，行动有方案，"战果"分配有计划。通常会在一个月黑风高之夜，参战各部长途奔袭，迂回包抄，行动迅速，突然围定几个村镇，"分进合击，地毯式搜查，确保一丁不漏"，汤恩伯的这些做法，使得河南"入伍"壮丁人数始终保持全国第一的排名。

抗战进入相持阶段后，尤其在华北，蒋介石和日本人都把防范打击共产党八路军作为各自的工作重心，彼此心照不宣，死硬仗很少。日本偷袭珍珠港后，依赖外援成了国民党上上下下的流行病，厌战避战，得过且过，战斗意志下降。美国记者白修德曾一言道破这种风气带来的危害：国民政府和军队已经被美国的援助和指导毁灭了。

日本"一号作战"令下达后，汤恩伯不仅对深层次预警情报听之任之，就连日军大规模集结和作战准备动态性情报也是视而不见，几个月时间里，日军从关东军调来铁道联队和器材，冒着黄河对岸汉王城中国军队的炮火，日夜抢修北黄河大桥，即使夜晚也是灯火通明。驻郑我军情报部门获取了日军修通铁桥的计划，甚至连修桥用的"特殊材料，非常难破坏"这样准确预示日军即将在进攻中使用重装兵器的情报，报上去竟然没有下文！从1944年3月开始，在新黄河东岸日军突然猛增，集结了从东北内蒙古调来的坦克师团，还在开封龙亭湖开展架设舟桥的训练，使用的还是不同以往的重装备，这些用肉眼都能观察到的变化，同样也没有引起汤恩伯兵团和一战区的警惕！

一战区和汤兵团的参谋、情报部门大概是信不过自己的下属，一味迷信美国空军的航空侦察，可偏偏这段时间，美国中国战区参谋长史迪威与第 14 航空队陈纳德，因物资分配这点鸡毛蒜皮的事闹矛盾，史迪威一气之下暂停了第 14 航空队的油料供应，航空队干脆停止了空中侦察，呜呼，搭载着前线无数人期望的美国侦察机根本没到西安、汉中来。更让人痛心的是，战役打响后，史迪威将军竟然还在重庆国际情报处毫无根据地宣布："日军在河南的攻势不过是春季攻势，日军很快便可预料地退回原防区。"甚至断言，在华日军已经丧失了大规模进攻的能力。

　　听到史迪威等人的这些话，汤恩伯、蒋鼎文连发《敌情通报》，愣说这次日军进攻只是"骚扰"，是"捣乱"，命令部队放心防守。战前，一战区 25 万部队基本上沿黄河一字排开，负责 200 公里黄河河防。我曾专门寻找过黄河南岸的碉堡防御工事，修筑得十分坚固，钢筋水泥，厚度达 40 厘米，只是枪眼全都朝河，根本没考虑日军会从背后抄袭。汤恩伯兵团主力三个军，原本在叶县周围驻扎，日军"一号作战"实施后，汤恩伯错判敌情，给蒋介石上报了个反击方案，"鉴于敌寇之流窜，拟于禹县附近集中有力部队予以打击"，命令兵团主力前出许昌以北，拉开阵势，准备决战，谁知正好落入冈村宁次设计的陷阱。

　　1944 年 4 月 18 日，冈村宁次率日军从中牟、郑州强渡黄河后，先是摆出一副西进的样子，有意指挥攻击部队放慢节奏，待重装坦克部队、骑兵联队、机械化步兵部队全部过河后，混编组成4个装甲集群，分兵两路：一路沿平汉线南下，陷许昌、漯河、西平，与从信阳北上的日军第十一军会合于确山，然后迅速掉头向西，陷郏县、襄县、临汝，迂回到了汤兵团的后背；一路出密县、登封、禹县，与从山西垣曲抢渡黄河的日军第一集团军会合，攻占渑池，沿陇海线东西分进，扼住了中国军队西退的要道，形成了对汤兵团和一战区两个大包围圈。日军战术上则采用坦克劈入，远程迂回，钳形攻击，滚动前进，靠火力机动形成大跨度的攻击包抄势态，谋略和战法的确狂放老道。

直到日军的大合围圈基本封口，汤恩伯才看出冈村宁次挖的这个大陷阱的谋略意图，顿时成了惊弓之鸟，连部署突围这点事都没干，说了一句"去开会"，拔腿就跑。可是这时日军不仅掌握了电台定位技术，还破译了中国军队无线电密码，对中国军队的动向意图了如指掌，就连汤恩伯跑到什么地方也一清二楚。蒋鼎文、汤恩伯发现日军已经盯上自己后，马不停蹄，日夜兼程，早把部队抛到九霄云外。蒋鼎文稍好一点，先到新安，看清形势后，一头钻进豫西大山。汤恩伯更绝，干脆甩掉电台和警卫连，只带几个贴身卫士抄小路先溜了。据当事人回忆，汤恩伯每过一条溪河，都要假装失神落魄地面南哭上几声，他不是伤心战败，更没有对百姓的忏悔，而是担忧对老蒋不好交代，哭毕，嘟嘟囔囔几句，立马换上一副新的模样，继续跑路，庆幸自己大难不死逃出生天。

可怜那 8 个集团军 40 万部队突然失去指挥，群龙无首，联络中断，左右不明，前后失据，四面告急，纷纷夺路拥向豫西。这时，天上日军飞机寻找目标扫射轰炸，地上日军坦克骑兵狼奔豕突，围追堵截，枪炮声、呼喊声、飞机俯冲的尖利呼啸声，昼夜不息，山沟河汊到处是国民党军队丢弃的枪炮弹药、通信设备、车辆辎重，残缺不全的尸体遍地盈野，满山遍野的士兵、学生、医护人员等被日军驱赶着，翻山越岭，四处逃散。

日军的追击部队沿着宜阳—洛宁—卢氏一线的洛河河谷和伊川—嵩县—潭头一线的伊河河谷，一直抵达灵宝卢氏，与中国第八战区胡宗南部接上了火，才暂时停止攻击，转身回攻洛阳，日军结结实实碰到了一颗大钉子。

洛阳保卫战是国民党军队在抗战期间打得最精彩的保卫战之一，如果从战术和精神价值上看，超过衡阳保卫战，毕竟衡阳保卫战是以军长方先觉等一大批高官投降日军才收场，洛阳保卫战是在超时完成任务后，成建制突围成功结束的，并且部分受伤被捕官兵押往日本做苦役时，还在日本本土组织了花冈暴动，再次打响抗日枪声，真是惊天地泣鬼神。只是因为洛阳保卫战的背景是教科书式的中央军大溃败，国内外对中央军腐败无能、不堪一击、损兵折将等讥讽痛骂，让蒋介石实在不愿意让杂牌军的事迹成为公众关注的焦点，这就掩盖了部分部队，尤其是不受蒋介石待见的地方杂牌军官兵英勇无畏的贡献，特别是对广大中下级军官士兵，一律笼统地戴上腐败无能的帽子确实有失公允。

守洛阳的国民革命军第十五军，是河南土生土长的杂牌军，它的班底是清末革命党组织的反清武装，大多数中下级军官骨干都是穷苦出身，长期在各路军阀夹缝中求生存。豫中会战战前，十五军刚从中条山战役败退河南，兵员尚未完成补充，只剩下 2 个师，不足 2 万人；全军只配备 1 门山炮，剩下的就是步枪、手榴弹、炸药包，至少在作战准备和装备方面比衡阳守军差多了。十五军接到紧急抽调任务后，当即下命令，全军将官一律下沉两级，排长一律钉在阵地最前沿，摆出了与洛阳共存亡的姿态。

1944 年 5 月初，日军完成了对洛阳的合围，兵力计有 1 个坦克联队又一大队，并有太原机场数 10 架飞机助战，其余炮兵、机步兵共 4 万多人。5 月 8 日，洛阳保卫战正式打响，在此后的 10 天里，日军昼夜轮番进攻，重炮轰，飞机炸，坦克碾压，还施放了几回毒气，阵地上血肉横飞，死伤枕藉，可守军愣是不退。5 月 11 日，我 64 师西工防线被日军用坦克填壕的办法突破，后继的日军坦克碾在填壕坦克上面冲了进来，一下拥进来 20 多辆坦克东奔西突，碾压我方阵地，我守军悬赏每人一万大洋征集 2~30 名战士，身负炸药，扑向日军坦克，引爆炸药后，战士会瞬间化成一团血雾，尽管如此，将士们仍然前赴后继，与日军坦克同归于尽。不一会儿，日军坦克被炸毁一半，其余落荒而逃，我方战士无一生还，更无一人去领赏。5 月 23 日，日军对洛阳守军劝降，时任十五军军长的武庭麟将最后一颗炮弹射向了龙泉沟日军司令部；从当天午后开始，日军集中了整个河南战役的近一半兵力，调集 100 多门大炮、300 多辆坦克，对洛阳发动了总攻，双方不分昼夜混战一团，整个洛阳城火光冲天，天昏地暗，沿街尸首相枕，房倒屋塌，爆炸声、枪声、喊杀声此起彼伏。5 月 24 日夜，十五军断尾求生，有条不紊地成建制突围出城，转移到了河南西部卢氏县。

在国民党这场大溃败中，还有黄河岸边汉王城守军、许昌守军以及第三十六集团军司令李家珏等，打得同样英勇壮烈，这些忠勇殉国的将士同样值得尊重。这场战役如果缺少客观形势、双方实力、指挥谋划和指挥人员基本素质、决策体系、战技能水平、后勤装备以及双方作战机制等因素的分析比较，单以胜负成败论英雄显然有失公允。

养兵千日，用兵一时。国民党军队的溃败，让河南人民，特别是豫西人民实在看不过去，各地民间自卫组织如雨后春笋，自发组织起来，不少民间组织纷纷在村寨要道设卡堵路——"缴出你们的枪支弹药和姨太太！"而此时的国民党军队早已是魂飞云外，除了保命，啥都可以不要，连汤恩伯警卫连的枪械和一战区司令蒋鼎文的电台都被地方民团收缴了。蒋介石曾感慨道，"从事革命以来，从来没有受过现在这样的耻辱"。

…………

"会宁！红军会师的地方！"同车好友兴奋道。

我望着路两边的高岗山峦，放慢车速，环视一圈这座"地控三边，雄居四塞"的县城，与好友断断续续议论起为什么红军能绝处逢生……

中国共产党率领全国人民
夺取抗战胜利的逻辑

昨天在陕西山里转了一大圈，天黑才投宿渭南。一位好友说，理解了陕北，才能真正弄懂中国共产党带领全国人民在那么艰难困苦的条件下夺取胜利的逻辑。

渭南历史上以位于渭河之南而得名，曾是座历史名镇，市内古迹众多，新区高楼林立，洁净亮丽，周围山水相连，风光秀丽。黄土高原上，站立着几棵哨兵一样的松树，坡岗之间秋收的果实摆满了农家的屋顶庭院，三三两两的农家小楼错落山边，祥和得让人心旷神怡。

…………

"红军会宁会师时，从江西出发的红一方面军 86000 多人只剩 6000 多人；从大别山出发的红二十五军剩下 3000 多人；红二方面军剩下 11000 多人；红四方面军最多，也只有 14000 多人，总共只有 3 万多人，再加上原陕甘红二十六军，后改编为红二十五军 768 师的 2000 多人，也不过 36000 多人。如果再了解一下陕甘一带历史人口和经济发展情况，谁都难以相信，共产党领导的八路军新四军竟然抗击着 60% 的日军和 95%的伪军，8 年间作战 12.5 万次，歼敌 171.4 万人，其中日军 52.7 万人。

"为什么在短短几年时间里力量对比会发生如此大的变化？

"战前，中日之间实力原本差距就很大，日本是世界前 8 位的工业国，尤其是拥有航空、造船、钢铁机械等完备的军工生产体系。1936 年 12 月，日本皇家陆军召开军师团参谋长会议，根据《军备充实计划大纲》，第一季度日本陆军总支出 16.7 亿日元；与此同时，中国全年军费开支一共才 6.5 亿法币，当时法币、日元对美金的汇率差不多，也就是说中国全年全部军费开支还不足日本陆军一个军种一个季度多。1938 年 8 月 25 日，红军改编为'国民革命军第八路军'，定编 3 个师，近 4.6 万人，国民政府拨发大洋 30 万块，以后随着法币的贬值，虽然逐年有所提高，大致维持着这个水平；新四军定编 4 个支队，每月经费 6.6 万元，发到 1941 年元月。由于我军实行供给制，这些宝贵的经费有一半用在了根据地老百姓身上……"

"这些我们都知道，我们就想听听你的真实看法，共产党和它领导的军队能够浴火重生究竟靠什么？"

我望着对面站起来打断我讲课的学生，他看上去十分单纯，两眼眯起注视着我。我丢掉手里的稿件，慌忙梳理一番思路，试着答道："你们都是学经济财务的，避免不了会从经济实力角度思考这个问题，也容易理解战争就是拼钢铁、拼财政、拼实力、拼技能等，当然这些东西都需要，但不是最关键的因素，让我讲真实的想法，我想换个角度来说明这个问题，从中华文明、世界文明的视角或许更能讲清楚中国共产党领导八路军新四军及全国人民以弱胜强夺取抗战胜利的逻辑。"

"战争打响后最需要的是什么？"我故意停留片刻，扫视一番讲堂，下面瞬间静得出奇，"我认为，最需要的首先是思想信念，战争使国家民族，乃至每个家庭，每个人时时刻刻都面对生死存亡、文化继绝、欺祖灭亲的大问题，解决这个大问题只能靠思想。思想不是代表一个人、一个阶层、一个政党，不是个人情感，不是集体的意识形态，而是全民族，甚至整个人类都要面对的大问题大事件大叙事，具有普世高度的思想，回答这些问题，需要真实面对，需要解决现实难题，需要解答人们提出的政治、经济、文化、军事、传统意识形态等所有的问题，需要有大于这些现实问题的框架，要有足够的涵盖范围，否则就不是思想。其次，思想还要有从古至今、联通未来、根脉相续、一以贯之的逻辑。最后，应当看到，战争历来就是改变格局、改变制度、改变生活方式的大事变，必须用新思维、新观念、新方法，创造新思想。

"更重要的是，思想不可能是某个天才凭空想象出来的，即使有这样的天才，他的所思所想也只是某种可能性，并不是真正的思想，真正的思想必须作出样板，或是成功的典范。抗战之初，面对敌强我弱、中国军队一败再败的不利局势，中国有不少军事家、政治家、经济学家写了许多书和文章，有积极的，有悲观的，有速胜的，还有曲线救国的，汪精卫就到处宣传，'中国抗战就是为俄国打仗'，主张割地讲和；国民党内部也有不少有识之士提出持久战，以空间换时间，积小胜为大胜，不论日本占多少地方、杀多少人，坚持不讲和，不和中国就能胜，只是他们没干成，这些只能算是想法或观点；以毛泽东为代表的中国共产党人也主张持久抗战，最关键的是，在领导全国人民抗战中提出来了一整套行之有效的战略战术，以及如何发动群众、组织群众、武装群众、做群众工作等政策措施，这些政策和策略就是共产党及其军队在长期革命斗争中用鲜血换来的宝贵的经验教训，是杀敌制胜的法宝。

"例如，敌后游击战，是八路军新四军具有战略意义的作战方式，是真正实现积小胜为大胜的主要方法，运用起来得心应手。这是因为八路军新四军的前身是中国工农红军，它自成立之日起就不是一个单纯的完成军事任务的队伍，同时担负着宣传、组织群众，建立地方政权，筹措经费，开展土地革命等多项任务，有着长期被围困、长期被围剿、在条件极其艰难情况下生存发展的能力，是支信仰坚定、吃苦耐劳、纪律严明、作风踏实且又英勇顽强的军队。

"战争爆发后，日军原打算三个月灭亡中国，疯狂地攻城略地，南北夹攻，利用机械化和海空优势快速推进，远距离穿插，分割包围，打赢了一个个战役，在不到一年时间，便占领了华北、华中大片地区，但日军速战并没有得到速胜的效果，百万大军如同泼进沙堆里的水，连泡沫都不剩，战场呈现犬牙交错的局面。武汉会战后，就连许多日本人都已经看出，日本将输掉这场战争。这一步国共两党中的有识之士都预料到了，但让国民党和不少学者没料到的是八路军新四军敌后游击战竟成了最有价值的战略。

"八路军新四军从抗战之初便迅速挺进敌占区，获得了政治文化论述和民心的巨大优势，赢得了人民的拥护信任。尽管日本军队在军事和经济上占有压倒性优势，但面对文化民心问题却无能为力。八路军新四军以己之长避己之短，'七分政治三分军事'，发展地方武装民兵组织，建立'三三制'地方政权，实行减租减息，开展游击战争，让人民自己解放自己，在日军军事暴力和经济绞杀下谋求发展，创造了人类战争史上的奇迹。

"从抗战初期，国民党军打一仗丢一地，丧师辱国，到武汉会战后，才发现共产党已经把国民党丢掉的土地又夺了回来，逼迫国民党开始改变抗战之初寸土必争、固守一城一池的防御战略，不再正面硬拼，学习共产党八路军新四军的游击战法。提出战争应以'游击战配合正规战'的战法，规划把三分之一的兵力派往敌后，国民政府军委军训部下发了《游击战纲要》，各战区都举办了游击战训练班，请不少共产党人去授课传经，并加紧组织派遣；同时严令驻守山东、山西、河南、河北、江苏等地的部队不得退出境界，在原驻防地打游击，先后在华北形成了冀察、苏鲁和山西三大游击区。

"华北是中国抗战主要战场，对华北的争夺决定着战争的胜负。更出乎多数人预料的是，短短几年时间，共产党将华北大部分地区建设成了抗日根据地或游击区，而国民党军队华北游击板块全部被日军扫荡干净，亡的亡，降的降，除少数撤回国统区，几十万部队全部覆没。究其原因，一是国共两党的部队性质不同。虽说，辛亥革命后江山不再私有，但国民党不少军队还保留着封建属性，包括蒋介石在内的新老军阀都把军队视为争权固位的工具，国民党军虽然打着'民国''革命'的旗号，其实内部并没有信仰和纪律约束，有的是人身依附关系、师生同乡关系，关系决定忠诚程度和对象，只有恩怨得失，没有是非对错。汤恩伯就很典型，打仗不是为了抗日，而是为了效忠蒋介石，汤部的令行禁止只有蒋介石说了算，谁的话他都不听。再一层就是派系，有中央军和地方杂牌无法克服分界，无论战勤驻防、装备待遇，还是晋升渠道、功过奖罚都不一样，而且派遣地方杂牌部队深入敌后的目的，往往是消灭杂牌部队，很少考虑他们的补充、换防、轮休等问题。二是战略规划与战术要求自相矛盾。被派遣到敌后的国民党军队往往被划定在一定区域内，严令死守，不得擅自进退，部队自主的余地很小，这与游击作战以运动为主的方式很难协调，这些部队只能打阵地战，既无法运动，又无法游击。三是军队内部贪腐严重，后勤无保障，下级军官和士兵待遇低，部队减员严重，生存困难。被派往敌后的国民革命军第五集团军司令的曾万钟算过一笔账，他说：'10000 人中，要有 3500 人到黄河边抬粮，另有2500 人满山遍野地拾柴火，还有病号，这样算下来，万人之中只有 3000 人能打仗。' 由以上三大原因又派生出一个更大的，或者说是致命的原因，那就是部队碰到这些自己无法解决的难题时，便用抢劫抓丁等更高的代价去解决，产生了影响深远的后果——破坏了军民关系，得不到百姓支持，使得部队情报无法获得，战中无法隐藏，战罢无法分散，战后无法突围，游击战的一些基本战法都无法运用。曾任河南省国民政府主席的卫立煌给八路军朱德司令员交了个底，他说：'我们部队和你们不同，我们的军队必须有领导的行动，一层抓一层，要是没有上级督行，一分开一冲散就聚不起来了，所以只能正面作战，打阵地战，不能像你们那样，在敌后分散活动。'

　　"1943 年春，日军华北派遣军制定年度作战规划中，列入了扫荡国民党华北'根据地'的项目，先后发动了晋太、陵川等战役，孙殿英、庞炳勋等部进行一段时间的抵抗后，先后投降日军，国军阵亡 9913 人，被俘 1.59 万人，投降7.4万人，只有第四十军、第二十七军等少数部队撤回河南，河南周边区域全都沦陷。

　　"再看共产党八路军的游击战，最大特色就是围绕政治这一中心环节，重点在团结保护人民，孤立敌人，隐蔽自己，政治攻势与武装斗争相结合，许多八路军正规部队化整为零，创造了'反蚕食'的特殊打法，灵活多样，因地制宜，深入村村镇镇、家家户户，帮助群众共克时艰，发展党组织及群众组织，逐步建立政权，实行地方自治，县及县以下政权实行直选，把地方政权真正建设成抗战堡垒。1942年大旱，华北各抗日根据地不同程度地受了灾，受灾面积占根据地总面积的70%，中共指示各根据地采取了精兵简政、实行'三三制'、拥政爱民、合理负担、减租减息、组织生产自救、兴修水利等政策措施，严格规定各级政权，包括军队，脱产人员不得超过1%；平均农民负担，村与村合道，户与户合理，在此基础上减租减息，稳定生产合作关系等，被人民群众称为'抗日根据地十大政策'。

"抗战胜利结束时，共产党领导的军队已有132万人，民兵260万人，建立根据地19块，面积近100万平方公里，人口近1亿。更重要的是这时候我们有了毛泽东思想，有了人民战争思想，人民已经掌握了这些思想，自觉地组织起来，自己解放自己。

"马克思主义研究分析的对象主要是欧洲，是欧洲资本主义原始积累时期的现实，许多论断和理论是为了推进欧洲革命，这与尚处于农业阶段，又处于抗日救亡严峻形势下的中国不同，中国共产党领导的八路军新四军运用马克思主义基本原理，独创了持久战、游击战、根据地建设、党的领导、统一战线、政权建设等人民战争思想和实践，丰富发展了马克思主义，把中华文明、人类文明推向了一个新的高度，新的境界。过去人们过多地强调西方国家与现代化、现代文明的联系，而忽视了广大发展中国家和其他文明在塑造世界现代化和现代文明中的作用和贡献，尤其是中华文明和中国人民争取自由解放的斗争对整个世界现代化格局的影响，在这方面长期以来受到西方国家议题设置的不公正对待，中华民族的复兴、中华民族现代文明的构建从时间上可以回溯到更早，但到抗日战争时期，中国共产党带领全国人民，因世界格局风云变幻，运用马克思主义基本原理，依据中华民族自身文明和国情，面对反帝反封建的异常艰难繁重的任务，创立了毛泽东思想，为世界反法西斯战争作出了巨大的牺牲和特殊的贡献，无论从内容形式上还是从道路特色上，塑造了不同于西方国家的现代文明形态，奠定了中华民族现代文明独步天下的基础，开启了中华民族现代文明重攀盛世的逻辑，可以说对世界现代化格局演变有着特殊意义和深远影响。

"我想从文明史的角度，讲讲我的学习体会，或许大家更容易理解和认识，我们知道传统的'天下观'是一个包括'天（天道、天理、天命）—天下观（天道秩序）—天下大同"的理想系统，这一系统的形成并不像教科书所说的那样，是周朝人提出来的，而是殷商人最早确立的，只不过周人征商后一把火把安阳殷都烧成了废墟，甲骨问天以及商人对天和天道同理的思考被深深地埋入地下，直到 120 多年前才得以重见天日。甲骨文的发现见证了商人提出了华夏文明的终极价值观——天，甲骨刻辞和占卜中'天''帝''神'三个字是可以通借的，商人甲骨祈天开始是希望借助上帝天神的力量消灾避祸，祈求风调雨顺，以后通过逐步完善占卜祭祀仪式程序等，演变为人的认知活动，并非人们认为的迷信，而是一种认识自然、认识自己的经验积累方式，经历数百年时间的不断变化进步，对天的认识也由一个抽象模糊到逐渐清晰的过程，一代代人的认知经验正在取代对天意的垄断和猜测，甲骨祈天转向对人内心的启迪，遗憾的是，武王征商打断了这个过程。'天命归周'后，《周礼》正式将天确定为'昊天上帝'，人之所尊，莫过于帝，托之于天，故称天帝，在殷商'天'的概念基础上，提出了等级差序的天下观和天下秩序，把'天'解释成了终极的权力来源，成了家天下合法性的基石，建构起等级差秩的周朝分封制度，用礼的形式规定亲疏关系，并逐渐扩展到华夷之辨。春秋孔子从周，认为天帝能给人间指派君和师，'天佑下民，作之君，作之师，惟其克相上帝，宠绥四方'，君师职责都是教化统治人民，他主张礼仁治国，'克己复礼'，把天下观延伸到'天下大同'的理想，维持了看待世界'天下—国家—家'，和君君臣臣、父父子子的等级视角。抗战期间，毛泽东主席从研究战争入手，提出'战争是力量的竞赛'，是以军事力量为核心的战争综合实力竞赛，但这个竞赛是一个过程，交战双方由于政治、经济、军事、国际环境的变化，力量对比会发生变化，条件也会变化，在实力条件变化中，人的因素是最活跃的变量。实力和条件的变化只是提供了一种可能性，战争力量只有与主观指导能力相结合才是取得胜利的关键因素。毛主席提出兵民是胜利之本的论断，包括军队和人民的进步，军民打成一片，只有将人民群众中的战争伟力充分调动起来，才是夺取抗日战争胜利的根本出路。1945年，毛主席在党的七大作《愚公移山》闭幕词，他说：'现在也有两座压在中国人民头上的大山，一座叫做帝国主义，一座叫做封建主义。中国共产党早就下了决心，要挖掉这两座山。我们一定要坚持下去，一定要不断地工作，我们也会感动上帝的。这个上帝不是别人，就是全中国的人民大众。'

"应该指出，甲骨文卜辞中的'上帝'，就是古人说的'上天之帝'，《尚书·舜典》有'肆类于上帝，禋于六宗，望于山川，遍于群神'，是古人自然崇拜至高无上的独尊。毛主席把全中国人民大众称为'上帝'，视为夺取抗战胜利的力量源泉，又说，人民，只有人民才是创造世界历史的真正动力；中国共产党之所以能感动上帝，在于把人民作为信仰，作为立党建军的根本，敢于把历史和传统文化中对'天'的误解和垄断重新颠倒过来，从人类文明、人类命运的高度思考'天'的意义，思考党和人民的根本利益，让中华文明重新站在世界的巅峰，可以说从理念上已经超越民主制度少数服从多数的价值尺度。毫无疑问，这期间还要经过完成反帝反封建的新民主主义革命、土地革命、实现民族独立和工业化等很长一段路程，但抗日战争产生的伟大思想，为我们今天的中华崛起奠定了价值和理论基础。"

"还有最后一个提问……"

"请问老师，为什么人们文化程度越来越高，反而对文学、艺术、音乐、绘画、电影、电视诸如此类的文化产品越来越提不起兴趣？"

"一方面，这说明大家审美能力越来越高，审美本身就是追求更美更好的生活态度，社会在进步，每个人终将寻找到自己的艺术人生，不被流行作品裹挟，走出了一般娱乐的圈圈，应当说是时代进步的表现；另一方面，实用艺术之父是知性，审美艺术之父却是天才，审美是培育人的品质，是很难做到的一个高度，这也说明天才和能称得上的艺术作品的确越来越少，说到底艺术是为解决人类生活中某一个或某一类问题而产生的，无论是文学诗歌，还是音乐绘画、电影电视，不管用哪种形式，艺术表现能使受众明白一个逻辑，回答受众一个心灵的问题或是受众从内心里生成一个善念，都必须有一些新意……"意犹未尽，一阵沮丧涌了上来，我站起身鞠躬离开了讲台。

…………

"啊，终于到家了！"同车好友略显兴奋地喊了一句。

我望着长长一溜打着双闪、排队下道的车队，一排高高的杨树摇曳着余晖，四周渐渐昏暗，一种不真实的感觉悄然而生，思绪空落缥缈，也许人真的需要两个"家"，一个苟且生活，一个用来与古希腊神话里的狄俄尼索斯一起喝酒聊天……